나의 창문은,
은빛 바닷물결이 시리다고 한다

나의 창문은,
은빛 바닷물결이 시리다고 한다

김백현 시집

소울앤북

시인의 말

태양이 꺼진 오늘
달빛에 실려 밥그릇을 떠난다
창문이 가져간 바닷가 집
놓지 못한 글줄 위에서

내 주검이 지금 예쁜가요?

2022년 가을
백현

차례

제2부

제3부

제4부

발문

제1부

빨래

우리는 지금
빨랫줄에 걸렸으므로 빨래이다
버거우신가, 빨랫줄이여
물 먹은 마음으로 우리도 무겁다
헹굴수록 더 무거워진 빨래

봄은 지금
영하에 걸렸으므로 겨울이다
찝찝하신가, 빨랫줄이여
언 마음으로 우리도 뾰족하다
파란 하늘 아래 얼어붙은 빨래

적도는 지금
고산에 걸렸으므로 한대이다
정죄하시는가, 빨랫줄이여

둘로 꺾였을 뿐, 우리도 무죄이다

볕 좋은 남벽이 그늘 많은 북벽이
씨줄로 벌어진 일이다

지금은 옛날
재심에 걸렸으므로 여긴 포도청
안 보시는가 못 보시는가, 빨랫줄이여
바지랑대 건너편 또, 한 몸의 무고한 속살
이웃이 지린 지도로 친구가 흘린 침 자국으로
홑청 벗은 빨래가 앙다문 하늘을 무찌르고 있잖은가

바다에 뜬 호수

딱딱, 돌소리 나는
사연 물고 나는 검정딱새는
부리가 무거워서 서쪽으로 난다지요
서녘엔 저녁이 있고요 둥지가 있지요
둥지엔 가족이 있고요 눈물도 있고요

딱한 사연이 모이면 저녁 하늘은 붉어진대요
더 모이면 검붉어지고요, 더 검붉어지면 깜깜해진답니다
딱한 사연은 무겁고요 하늘엔, 죽었다 깨어나도 못 오르고요
어쩔 수 없이 돌이 된답니다, 치워도 치워도 흔한 돌이고요
딱새의 딱새가 돌을 또 물어 날으지요

돌 속은 깜깜합니다 깜깜한 것을 짜면 눈물이, 눈물이 마르면 기름이 납니다
끈적끈적합니다, 검은 눈물을 보셨는지요?

간 녹은 파랑새, 배곯아 죽은 노랑새, 심장이 터진 빨강새
새들의 새, 검정딱새는 딱딱, 딱해져서 저녁으로 갑니다

찰싹 다붙어 불가사리가 조개 속을 꺼내 먹네요
수억 년 전, 상상을 못 할 만큼 커서, 땅속에 앙, 묻힌 돌덩이를 알고 계시나요?
모르신다고 하면 안돼요 지금도 빨대를 꽂고, 그 눈물을 꺼내 먹고 있잖아요
어쩌자고, 하늘 못 오른 서러움을 건드렸나요? 그 고집은 엄청 세서, 비행기를 띄운다던데

검은 호수가 푸른 바다에 떴네요
끈적거리는 눈물이 바다 위에 번지네요
까맣게, 갈매기가 딱새가 되었네요 무거워서 날지 못하네요
한숨이 날아오르네요

남의 집

나는 음이 됐다
태양이 꺼진 오늘, 달빛에 실려 밥그릇을 떠난다
나는 나를 떠나지만 떨어져나간 내 것들은 나를 보고자 할 것이다
동정은 인간도 할 수 있는 일이나 구원은 신만이 할 수 있는 일
나는 신의 일에 동참한다

창문을 가져간 바닷가 집
놓지 못한 글줄 위에서, 갑자기 튀어나온 오타에 깨져버린
글로 태어났으면 완전했어야지, 한 치 앞 오자를 못 보다니
나의 창문은 은빛 바닷물결이 따갑다고 한다 시리다고 한다

농가에서 빼 간 기둥 하나

한나절 서 있어서 뿌루퉁하다
덥석 내린 결의로, 내 하얀 밑동이 흙빛으로 슬프다
기둥으로 태어났으면 안전했어야지, 앉아만 있어서 부실하다

남의 집에서 한 번 더 산다
신의 은총으로 하루하루 보너스로 산다
내 모두의 말들이, 다시는 죽어서 실수하지 말기를

마지막 의식이 썩기 시작하는 이 순간
아들을 끌어안고 등걸잠이 든 아내에게 작별을 고한다
언니보다 먼저 절망한테로 시집온 저 여자에게
사랑만 하다 죽자던 빈말, 이런 저런 의미의 오해를 용서받고 싶다
죽음 뒤에서야 부족한 것을 보는, 내 주검이 지금 예쁜가요?

그늘

그늘은 그림자 뒤에 남는 것
경칩 지난 겨울로 숲을 호통치러 간다
얼굴 잃은 숲, 깨울 수가 없다
무덤 같은 뼈들, 잡아 흔들 수도 없다
그늘은 철새들이 떨어뜨린 숲의 얼굴 일지도
북쪽에 남는

노을은 햇빛 뒤에 남는 그늘
지난 가을 숲에게 따지러 간다
작별을 말하면서 화장을 하는 모습들을 차마 볼 수가 없다
울긋불긋, 마시고 마셔도 비뚤지않는 코들을 차마 비틀 수가 없다
그늘은 노을한테 흐느끼는 숲의 허파 일지도
서쪽에 남는

어떤 소리들은 바람 뒤에 남는 그늘
지난여름으로 숲의 속엣말 들으러 간다

바람이 불 때마다 부대끼는 그림자들의 신음을 더는 들을 수가 없다
먹어도 먹어도 허기로 차는 뱃속 더는 엿들을 수가 없다

정맥들의 노독이 쌓인, 푸르고 푸른 그늘들은 숲의 간장 일지도
남쪽에 남는

긴 여행 뒤에 최후로 남는 발바닥
이른 봄, 발바닥들은 호명하러 숲에 온다
공터에 사무친 사철나무, 공복에 까무러친 텃새들 뒤척이는 듯
뿌리로 입적한 발바닥들이, 그늘의 그늘들이 기침을 한다
몽그작거리는 뼈마디에서 동쪽으로 문을 낸 앙센 그늘들이
“네”하고 응답한다

9월은 없어도 좋은 달

9월은 없어도 좋은 달인 줄 알았다
10월로 가기 위해 괜히 에돈다고 생각했다
일년 중 약속을 어기고 싶으면 9월에 하는 것이 괜찮다
가을로 건너가는 징검다리 같은
여름도 가을도 아닌, 계절에 틈이 있다면 9월이다

하나가 모자라는
덜 익은 과일 덜 여문 이삭
숙제를 끝내지 못한 들판
폭발하지 못한, 무슨 일이 일어날 것만 같은 9월

초등학교 동창생 그녀가 불쑥 날아왔다
'가시내야, 연락이나 하고 오제'
'야 머스매야, 우리한테 스케줄이 어딨냐? 언제 또 오겠어 마지막 인사하러 왔다'
고향 소식 동창들 이야기로 9월의 하룻밤을 가득

채워주고

그녀는 LA 딸네 집으로 간다며 총총히 멀어져 갔다

잊혀져 가던 죽마고우가 느슨한 9월, 휘늘어진 노년을 휘젓고 간다

덜 익은 들판이 한껏 입을 벌려 햇볕을 꾸역꾸역 밀어 넣고 있는 것이 보인다

살랑거리는 바람에 나뭇가지들은 속살이 보일 듯 말 듯한 자태로

가을에 입을 노랑 빨강 저고리들을 재단하느라 곁눈 한번 주지 않는다

9월은 눈부신 축제를 준비하느라 저리도 안으로 부산한 것을…

맛 색깔 모양을 결정해야 하는 가장 조용하고 바쁜 달인 것이다

공룡의 후예

왕년에 공룡이었다는 것
날개는 추락용이었다는 것
벼슬자리에 왕관이 있었다는 것
수탉은 입에서 입으로
암탉은 귀에서 귀로
것, 것들을 들어 알고 있다
깜깜한 새벽을 울리는 긴 울음은
무정란이 공멸로 실려 가는 기적 소리라는 사실
대신 울어 줄 기차가 없다는 것도
닭은 잘 알고 있다

온몸을 모래에 벼리는 짓
그 모래를 쪼아 꼭꼭, 삼키는 짓
굳이 횃대에 올라 불편한 잠을 청하는 짓
짓, 짓들을 사람은 잘못 알고 있다
식음을 사흘을 전폐하는 벼슬의 상처에 대하여
동떨어진 며느리발톱의 공연함에 대하여
불침번의 기상나팔에 대하여

잘 모르고 있는 사람들에 대하여 잘 알고 있다
닭은
사실이 오해된 와신상담 수였을 터
년 365개의 출산율로 높이는 일
열 모세 부럽지 않을 알 하나 낳는 일
역심을 순종의 깃털로 복날에도 가리는 일
일 일 일들은 암호명 쥐라기 프로젝트였을 터

벼슬에서
투구를, 며느리발톱에서 장검을 꺼낼 일독수리의 발톱으로, 타조의 부리로, 봉황의 날개로 만들 일 진격하라, 이튿날 새벽의 일 잠결에 강을 건너오는 어느 혁명군 같을 터 두려우면 닭 대신 두려워할 것
그동안
닭들의 자학을 북돋아 준 짓
물 마시듯이
인간은 하늘을 보고 토할 일이다

나의 거울, 당신

당신은 나의 거울
문득 내 나이가 궁금할 때면
당신 얼굴 위에 떠오르는 주름을 보았지요
하루만의 세월이 아녔어요

한 세월로 덖인 우린 한 솥의 비빔밥이었지요
아롱다롱 입가에 주저앉은 양념, 뒷태에 매달린 밥알들
말없이 일러주고 떼어주는, 가르침 사이였죠
하루만의 보금자리가 아녔어요

마음이 덜컹거릴 때는 당신을 쳐다보았지요
너설* 같은 희빗고개를 넘을 때마다 점점이 등 닳던 당신은
점점, 무거워지던 내 마음을 얼비침 없이 업어주었지요
하루 이틀만의 보살핌이 아녔어요

나 밖에 닮지 못해서 자닝스러운 당신을 봅니다
마지막 이삿짐 속에서 찾게 된 당신은
어느덧 봄철 아득한 고목으로
꽃 진 자리에 매달린 난, 열매
하루만의 사랑이 아녔습니다

* 너설: 험한 바위나 돌이 내밀어 있는 곳

건널목에 붙어있는 것들

달걀 40개를 부화기에 안쳤다
13일째, 예고 없이 전기가 나갔다
8일만 더 건너면 깜찍한 기적을 볼 참이었다
난각에 붙어버리면 죽어도 안 떨어지므로
정전이 되었어도 알은 굴려주어야 했다
변수는 문턱에 있었다
이 방 저 방 부화기를 굴리다, 문지방에 걸려 넘어졌다
빨간 핏줄, 노란 깃털, 푸르뎅뎅한 눈두덩들이 흩어졌다
신호등처럼 잠깐 바닥에서 깜박이다, 꺼졌다
열세 알은 무사했다, 끔찍한 기적이었다

1938년 12월 1일, 덴버와 리오그란데
길이 철길을 건너는 목을 눈보라가 건너고 있었다
평소처럼 39명의 병아리를 실은, 노란 버스가 오고
평소보다 한 시간 늦은 화물열차도 오고…

달걀 한 소쿠리 든, 아낙처럼 문턱에선 조신해야 했다
문을 열고, 시계 밖 기적 소리도 살펴야 했는데
변수였다
톱니바퀴 빠진 시계처럼 버스가 건널목에서 섰다

26명의 병아리가 변을 당했다고 했다
기차가 버스를 제 꼬리만큼 끌고 간 것이었다
그 뒤로 가끔 건널목에선 차들이 서는 일이 있었는데
그때마다 난간에 말라붙어 있던 병아리들이
신호등처럼 뛰어나와 도와주었다고 한다
트렁크에 찍힌 여린 손자국들이 그 증거라고 했다
믿지 않는 사람이 더 많았지만, 증거는 또 있었다
건널목에선 섰다 갈 것, 병아리들의 충고가
차단기처럼 법규가 되어 80여년 동안
건널목을 지키고 있는 것,이었다

나는 한국인으로서 울지 않습니다

나는 한국인으로서 울지 않습니다
넓은 바다를 날아와 날지 못하는 새가 되었습니다만
조국에 대하여 아내와 아이들에 대하여 빚이 많습니다
빚에 쫓긴 빗물이 스며들어, 누운 자리는 축축합니다
낙엽이 흩날리며 겨울을 손짓하고 있습니다
저녁이 되어 사방에는 어둠이 뛰어드는데요
잠을 잘 수가 없네요 이유야 많지만 다 사치스럽습니다
배가 고픈 겁니다 쓰레기통을 뒤질 정도는 아니고요, 참습니다

아, 참을성 많게
재 넘는 흰 구름 따라 좇아갔습니다
이웃도 돌아보지 않았고요 먼지를 내면서 살았습니다
바람 잡던 손이 꺾이던 날

아내도 아이들도 떨어져 나갔습니다
돌아오지 않을 기억들이 냉기처럼 몸을 감싸네요

수선화 꽃밭에 아내, 아침 일찍 깨어나 지저귀는 아이들
반짝이는 물방울 눈동자들, 떼지어 날던 꿈들…

도란도란,
발소리도 섞여 들리네요
두 사람이 모포를 들고 다가옵니다
"아 유 코리언?" 나는 고개를 젓습니다
"차이니스 오어 재패니스?" 고개를 젓습니다
"아빠, 한국사람 같은데 아니라고 해"
한국사람은 한국사람을 쉽게 알아보네요
한국사람, 반가워라 벌떡 일어나고 싶습니다
그러나 그럴 수가 없습니다 부끄럽기 때문입니다
남의 도움을 받아선 안 됩니다 남을 도와준 적이 없

기 때문입니다

"퍼뜩 일어나이소, 우리 집으로 가입시데이, 밤엔 마아, 영하로 뚝 떨어진다카니"

이 말을 알아듣는 한국사람은 울지 않을 수가 없습니다

모포를 덮어써 버립니다

깜깜하지만 따스하네요

고철의 반란

길고 무거운 침묵이 고철을 끌고 기차를 싣고 간다
납작해진, 구부러진, 토막난 것들
기막힌 장례 행렬인데도 웃음이 나온다
기차나 고철이나 같은 철이란 상식이 그닐거려서 참지를 못한다

어제 앞집은 고속도로에서 차가 뒤집혀 아들을 잃었다
앞바퀴 엔드를 붙잡고 있던 볼트인가
브레이크패드를 끌어안고 있던 너트인가가 빠졌더란다
볼트 너트가 없으면 사람도 붙잡아둘 수가 없는 것이다

볼트 너트가 붙잡고 있지 않은 것이 어디 있겠는가
모두를 붙잡고 살아야 하는 그들은 고달픈 것이다
떨리고 흔들릴 때마다 혼신의 힘을 다하여 끌어안고

부딪히면서 놓지않으려는 세월이 그 얼마이던가

쇠도 늙는다
간혹 길에서 벌겋게 단풍이 슬어 나뒹구는 볼트 너트 그들을 본다
힘이 빠져 헐거워지면서 억센 노역에서 그만 벗어나고 싶었나 보다
용광로에 들어가서 새 고역을 다시 맡고 싶지는 않았나 보다
차라리 한겹 한겹 늙어가면서 사그라지고 싶었을 것이다

단단한 것들은 괴롭다
한 천년 푹 쉬고 싶은 열망이 기어이 화물차에 실려 가야만 하는가
고철 실은 기차가 제 발로 제 뼈대를 밟으며 제철소로 간다

무거운 쇠바퀴 소리 폭풍전야와 같은 무거움
고철들이 반란을 일으킬지도
어쩌면 모든 손들을 놓아 버릴지도 모를…

겨울 눈물

아픈가
길게 누워 버린 스카짓밸리
발 시린 아나코테스는, 유람선 끊긴 늦가을이네
스카짓강이 쿨럭거리며 라코너에서 와 매달리네 그려
출렁이는 배꼽쯤에서 정유소만 춤추는 여름바다로세

우는가
허리에 빨간불이 켜지면 건널목 차단기가 내려지고
찬비는 하염없이 내려 봄 실은 비행기도 뜨지 못하고
가쁘면 기다림은 길어져 기름은 타고 혁대는 졸아들어 목재 싣고 지나가는 화물열차도 한없이 느리고 무겁다네

아는가

건널목 건너 블루베리 밭을 지나노라면, 봉긋 솟은 가슴에 공항이 있는 것을
거기에는 젖빛 패덱스FedEx가 오뚝하고 활주로 끝에는 튤립, 그 밭에 봄이 살지 않던가
설레는 날, 먼저 온 수선화는 튤립을 기다리는데 웬일로 봄은 이리도 늦는단가
차단기 앞에서 무작정 무거워진 비행기나 차들이나 가벼워졌으면 좋겠네

보는가
캐스케이드산맥으로 팔베개한 겨울 산머리
고개 쳐드는 검은 눈빛, 죽을힘으로 물러서는 하얀 등
스카짓강에 도도히 흐르는 눈, 물이 겨울의 눈물인 것을
찬 머리에 사는 의로운 겨울을 보겠네

무뚝뚝의 길

잎 지는 계절은
등지는 일로 가득하다
바야흐로 별거로 가는 계절
나무와 씨앗의 무뚝뚝함이 그렇다
나무를 떠난 열매는
열매대로 나무를 등지면서
작은 바위가 되어가고
열매를 떠나보낸 나무는
나무대로 열매를 등지면서
큰 바위가 되어간다
등 돌리는 일이 바위들의 인사인 것이다

생각 많은 닭은 바위를 품는다
씨앗은 왜 바윗등에서
외돌토리 바위로 말라갈까
하긴, 쉽게 깨질 운명였다면
오늘의 바위는 없었겠지

숨을 구멍이 없었다면
지금의 우리도 없었겠지

생각 없는 봄비는 바위를 때린다
쳇, 부리는 짧은데 숨구멍은 깊어
흠씬 두들긴다
퉁퉁 부은 바위들이 등 돌리기 시작한다
출가를 서두르는 것이다

생각 없는 것들의 힘이 더 셌다
무뚝뚝한 것들이 등지는 일로 핏줄을 잇고 있었다

검은 부르키니 쓴 개미

허공을 울리는 바람 찬 날
경칩보다 먼저 개미를 보는 건 자지러질 일이다

검은 부르키니로 한 세상 가린 채
부들부들 잔설 위로 흩어지는 일개미들

얼어 죽든가 거미에게 잡히든가, 더러는
첩이 되면서도 한사코 금수강산을 떠나는 일은
공복이 겨울 쪽으로 무장무장 쏠렸기 때문이다

가시 같은 허리에 꿰인, 몸은 가볍고 공복이
외려 무거운, 풍선을 보고 놀라는 일은 허리 위
아래로 동그란, 두 개의 자살폭탄이 보였기 때문이다

달빛이 하느작거리는 밤
낮 동안 허리 휘도록 끌고 온
몸집보다 큰 일사불란이 덖이고 있는 개미 집

비대한 여왕개미 앞 무척 깡마른 일개미들
병정개미 몇이서 내장 쏙 빠진 북, 창자 잘 마른 드럼을 골라, 두들긴다
여린 햇살과 밤이슬로 사육된 맹랑한 합주소리는 듣기 좋다
정녕코, 소음소消音所로
줄줄이 묶여 가는 일은, 쌀캉쌀캉 소리밖에 낼 줄 모르는 깡통 개미였기 때문이다

묵은 고구마도 싹이 났으면

네 살배기 손녀가 고구마에 씨가 있다고 쫑알거린다
모두가 깔깔 웃어넘긴다
갈색 새 양복을 걸친 선배를 추켜세우니, 고구마 껍데기일 뿐이라고 말한다
모두가 정색을 한다

고구마에 대한 어린 기억은 언짢다
세 끼니를 고구마로 때운 날 이 신물이 올라올 만큼 많으니까
고구마가 다 된 몰골로 툇마루에 앉아서
반달을 보면 하던 입정도 그쳤다, 고구마라고

세월 때문에 기억도 고구마 속살처럼 애잔해진다
흙이 그리운지 마켓에 쌓인 고구마도 휘도록 끌어안고 예배당 마룻바닥에 엎드린 신도들처럼 울고 있다

겨우내 같이 지내던 고구마가 봉곳 눈자위를 붉힌다
봄 구경을 같이 하자고 창문 턱에 올려 주니

단추마다 풀어헤치고 팔을 내밀어 아서라, 파란 나비넥타이에 갈색 정장
몸속에 내린 많은 가시가 어데로 향한 그리움인지 알겠다
사근한 속살 안에, 씨가 들어 있고 양복도 걸려 있다

아내를 거울처럼 들여다본다 눈꼬리에 잔뿌리가 일렁이면서 이마로는 굵은 뿌리가 뻗친다
저 안에서 푸른 싹을 넷이나 활짝 펴내고 철 따른 내 양복도 품고 있었으려니…

'여보, 우리도 흙에 묻히면 싹이 날까?'
'홍두깨 같은 이, 고구마 고구마 하더니 쯧, 쯧… 묵은 고구마도 싹이 났으면…'
기억이 늙으니 자꾸만 덩굴에 엉기고 싶은 걸 어쩌랴
아내의 두 손을 넌지시 잡아당겨 본다

길

1

눈빛
초롱한 옹달샘
섬마섬마 오는 길

아픔이 서 있는
쓸쓸함이 건너는 길
따갑더라 차갑더라
겨워지는 심장 소리들

비탈에 선 가시나무
가시나무새 건너가는 허공
빛살 비낀 하 많은 식솔 핥는
당신은 사랑

낮 깊을수록 동당거리는
심장, 심장들의 기댐

저물녘 훔치는
땀방울

2

노을 빛
깊은 절벽 뛰어내려
저벅저벅 가는 길

기다림 기다란
한 세월 삼키는 파도
처얼썩 철썩
잦아드는 심장 소리들

노을 기다란 길
달려가는 뒷모습들 쓰다듬는
낮 별처럼 보이지 않던
당신은 소망

밤 깊을수록 반짝이는
별, 별들의 만남
어슴새벽 내리는
이슬방울

바다로 가는 기차

하구는 강의 입
강과 한집에서 산다
신년을 맞는 회심灰心이 궁금해
입가에 낀 살얼음을 깬다

아작바작, 꺼지면서 내는 소리
'새해를 맞는 건, 한 살을 더 얻어맞는 맛이네'
상류로 마신 나이를 하류로 뱉어내는 소리
나이를 억지로 먹었으니, 이 또한 맞는 소리다

함께 흐르는 강아
나도 어느덧 꼬리로 먹은 걸 입으로 토해내는 네가
되었구나
우리는 사행선을 굽이굽이 돌아 바다로 가는
뱀처럼 뒷걸음칠 수 없는 기차

*

첫 기차여행은 얼마나 신났었는지

새 역들을 지나칠 때마다 얼마나 설레었는지
한 살을 더 먹고 싶어 꼬리를 동동거리던 상류 시절이 있었지

끓는 몸통으로 멱감던 중류 시절도 어찌 잊을 수 있겠는가
추풍령을 오르던 기차처럼 숨차게 나이를 주워 먹잖았는가
정상에서 꿀떡 삼켰던 나잇살이야말로 절정의 맛이 아녔는가

*

절정은 포말로 흩어져 가뭇없으니
정상도 노을처럼 강바닥으로 저물었으니
정점에서 점점 멀어지는 기차의 마음 또한 폭포였으니

내 속을 흐르는 강아

자꾸만 뒤돌아보느라, 유속이 느려졌겠구나
은밀히 넓어진 강폭으로 마음은 허공이겠구나
갈수록 뱉어낼 미련도 많아 하류는 하마의 입이겠구나

돌이킬 수 없는 강이여
비껴갈 수 없는 기차여
한해를 잘 넘는 일은, 한 보洑를 더 달게 맞을 뿐 아니겠는가
상류가 밀어주므로 얼지 않아, 우리는 바다를 밀고 있잖겠는가

제2부

수국 여행

우선 멈추는 데 쓸지
한 다발로 묶이는 데 쓸지
일단을 어디에 쓰면 좋을지 몰라

꽃병을 쓰고 있는 수국에게 물어본다
수국은 쓰레기통을 건너다본다
멈췄다 가시든지
묶였다 가시든지

수국을 쓰고 있는 쓰레기통에게 물어본다
쓰레기통은 밤하늘을 올려다본다
멈췄다 오르든지
묶였다 오르든지

별꽃을 쓰고 있는 밤하늘에게 물어본다
밤하늘은 저녁 하늘을 내려다본다
멈췄다 돌아가시든지

묶였다 돌아가시든지

노을을 쓰고 있는 저녁 하늘에게 물어본다
저녁 하늘은 나를 가리킨다
나는 일단을 가리킨다
일단은, 노을보다 꽃병에 쓰이겠다고 하신다

안개타령

가네 가네
안개 속 가네
가는 뒷모습 안개 속에 놓고
남은 내 설움 안개 속에 묻네

나의 첫 님
안개 실은 화물차에 무너지고
빨간 꽃 안개로 실려 가네
빈손에 안개 한 움큼
안개 펴서 눈물 닦네

너도 안개 나도 안개
만나서 이슬비 되어버린 우리 사랑
이제는 님의 무덤만큼 먼 이야기인데
안개 낀 이 밤에 다시 돌아와
수줍은 봄인 양
눈물샘에 고였다가 첫 님 적시네

안개밖에 잡히지 않아 손 놓았노라고
소리밖에 들리지 않아 힘들었노라고
한 치밖에 보이지 않아 길 잃었노라고
그때 말할걸

다시는 안개 낀 날에 말고
맑은 날 또렷한 사랑 건네리
목쉰 부름으로 안개 밀치고
이 말 전하러
첫 님 더듬네

유리 벽

투명유리 벽에
나비가 잠자리가
새가 날다 부딪힌다
모두 바닥에 나뒹군다
비로소 만져지는 시선들

우리는 서로 아파야 보이는가
우리들 사이에는 유리 벽이 있다
부딪혀야 보이고 깨져야 만져지는

떨고있는 존재
뒤틀려야 보이는
공의 존재 그 귀속
모두 바닥에 나뒹군다
비로소 와닿는 빛의 파문

우리는 스스로 밝을 수 없다

우리들 사이에 빛의 길이 있다
무수한 공으로서 에너지로 차 있는

너와 나 사이에
유리 벽 부딪힐 때
떨림으로 존재하는
우리 모두는 소중하다
새 한 마리 사라져버리면
마을 하나가 폭발해버린다
공에 빽빽한 에너지의 법칙은
우리를 질긴 초끈으로 묶어놨다

나뒹굴며 우는, 새 무리의 상처를
서로 비추고 감싸고 같이 아파해야 한다
서로 공에 가득한 빛으로서 끌어안아야 한다
공간은 곧 에너지라는 물리 이론을 읽어 보았다

겨울나무

가는 바람은 따라오라 하고
오는 바람은 빨리 따라가라 하고
나무는 제자리에서 후들거리기만 하고

해마다
바람보다
세월이 더 세다

허옇게 센 새가
허리 굽은 나무에
허겁지겁 내려앉는다

훠이훠이, 바람의 소리 쫓는 소리 아니려니
송이송이 순백으로 내려앉는, 저 세월의 그림자들
등이 휜 저 소나무 두르고 있는 철갑이어라

이민

1

참말로
가는 거여 이민을

선산을 잃고 호젓이 벽제에 누워 계신 엄니 아부지가 내 뒷다리를 잡아당기셔서 힘들구만요

다른 방도는 없는 거여

땅 팔아 하는 사업이 잘될 리 있간디요
이럴 때 먼 고향, 먼 피붙이라도 많았으면 좋겠어라우

콩가루 집안이여 영 소식을 끊고 사는 거여

별수 있간디요
고속도로 다리 아래 인적도 뜸한 데다 모시기로 했

구만요
　고향도 가깝고 퇴거명령도 없고요
　벌초 걱정 없어서 더 좋구만요

　쯧쯧, 생긴 입이라구 흘리는 소리여
　두 분을 나란히 살 섞이도록 눕혀 드리고 본 게
　시냇물 가깝고요
　물새들도 찍찍 조잘거려 쌓는디
　엄니 아부지도 홀라당 벗으신 게 영판 기분이 좋아 보이셔라우

　얼씨구, 이 가관아 기가 막힌 거여

　입이라도 맞춰 드리고 싶은디 그냥 눈으로만 쓰다듬을라요
　아 엄니, 엄니의 부러진 팔목이 요러코럼 엉켰구만요
　나는 아요

내 등록금 성화에 밀려 뒷마루에 넘어지실 때 생긴 것인 줄 왜 내가 모르겠소

엄니랑 나랑 그것은 무덤까지 가지고 가기로 한 비밀였는디

그리여 근디 똥 뀐 놈이 성낸다고 무담시 교각은 왜 걷어차는 거여

그런다고 발끝 꺾인 아픔이 네 속쓰림만 할 것 같으어

이제는 살도 혼백도 신경통도 다 떠버린

엄니 아부지이지만 그래도 곰삭은 뼈라도 만져 보고 콧물이라도 흘릴 수 있으니게 참 좋소

도로 옛날로 돌아가서 엄니 아부지 팔 그네도 타보고 다랑귀 뛰며 읍내 장에도 따라갔으면 좋겠소

새벽녘 그루 잠결에 듣던 엄니 아부지 한숨 소리가 시방 내 시름 같소

탕약 끓이는 소린 그만히여 무슨 약이 되겄능가
금세 동이 틀건 게 싸게 서둘러야제 골안개 벗겨지면 사람들 눈에 잡혀

2

시애틀의 하늘에는 구름도 많어라우
늪에 빠진 사슴 행세로 징한 세상살이에 발목 비지
어제는 살림이 어려워서 오늘은 사업이 바빠서
내일은 죽을 짬이 있을랑가 모르것어라우

잣것 시방 그 소리는 이십 년째 하고 자빠졌는거여

기어이 하늘에서 빗방울이 후드득 후드득 떨어지는구만요
한국 뉴스에서도 홍수 땜에 벌집 쑤신 듯 야단인 모양인디
아 나도
아 나도 이맘때면 꼭 찾아오는 걱정이 있는디요

혹시 큰물이 우리 엄니 아부지 등걸잠 주무시는 데까지 쓸어 가버리지 않았는가 모르것어라우

개굴개굴 주동이만 들썩거리지 말어
이 뭐 같은 놈아

엄니 아부지 죽인 장기수도 아닌디
무엇 담시 나는 탈옥 모의만 하고 있당가요
올가을에는 꼭 엄니 아부지를 찾아뵐라요
참말이라우

참말로, 두고 볼 거여 안 오면 잡놈이 되부러
선산이 문제가 아녀

적극적인 참기름 집

사는 것이 새뜻한 사람은 나와 함께 참기름 집으로 가자고
참깨를 가마솥에 넣고 볶아보자고
우리의 '시큰둥'이 크면 얼마나 크겠는가
깨알만 한 것도 단내 나는 가마솥에 넣고
휘휘 시계방향으로 저어 보자고

솥 복판에 생긴 부엉이 눈알, 구렁이가 칭칭 똬리를 트네그려
부엉이에게 날카로운 발톱이 있구먼
구렁이에겐 뼈를 꺾는 허릿심이 있네

사느냐 죽느냐 서로 먼저 눈알을 뽑겠다고 혈투를 벌이네
우리에겐 뾰족한 부리도 필살의 독니도 없고, 용맹한 믿음도 없고 있는 것이라고 '심드렁'뿐이라면 말이 되나

깨알이 볶이네 툭툭, 탁탁,
마치 계곡에서 메아리가 튕기는 소리 같네
깎아지른 절벽 너설 사이에서 사투가 벌어지고 있는 거야
사랑 때문에 산양 두 마리가 늦도록 치고받네
쩡, 얼어붙은 심장들이 깨지는 소리 같기도 하네

무심아, 무심을 하더라도 저 시커멓게 타는 소릴 한 번 들어 보자고

타지 않고 밖으로 튀는 것이 있어, 버려서는 안 되네
흙탕물이 튀듯, 튀는 것들이 전체를 피곤하게 하더라도
함께 타라 타! 허무라고 해서 기름이 안 나오겠는가
'허무'를 짜니 허기가 나와 '함께'를 짜니 참기름이 나와

허기에 참기름 한 방울 떨어뜨려, 시들한 삶을 비벼 먹어버리자고

나팔꽃 화단에 깻묵 같은 '침묵'일랑 묻어 버리자고

시애틀의 날씨

씨앗 심는 일에도 틀이 있다
갓 씨처럼 작은 씨는 흙에 섞어 뿌린다
갓끼리 알맞은 사이도 심어주기 위해서다

숨쉬기 어려울 만큼 다붙으면
밟히고 할퀴여, 사이는 허물어진다
결국 모든 선의도 물컹물컹 물크러지고 만다

세상만사 틀이 있다
낮 사이에 밤이 있고
뭍 사이에 바다, 산에 들, 또 사계절

씨앗에 좋은 날씨의 틀은 비와 햇볕이 번갈아 내리는 일
어제와 오늘 사이 맑았다가 흐려지는, 씨에틀에서 사는 사람들
씨에 틀 좋은 날 씨로서 살으리랏다

침 맛

침을 한 항아리만큼 흘렸으려니
평생 침 속에서 살잖았을까
그 혀가 그 맛을 궁금해하는 터

그것은 큰 맛에 섞여 가뭇없으려니
참맛은, 매운맛에 눌린 침들로 얼얼하잖을까
옳았거나 글렀거나 한통속이 된 맛은 씁쓸할 터

그것으로 연인도, 먹이도 핥았으려니
자지러지고 달뜬 군침으로서 달착지근하잖을까
사랑스러웠거나 탐욕스러웠거나 한통속이 된 맛, 씁쓸할 터

그것을 뱉을 때도, 삼킬 때도 있었으려니
오물에도 음식에도 같이 쓰인 독침으로 따끔하잖을까
싫었거나 스스럼없었거나 한통속이 된 맛, 또한 씁

쓸할 터

그것의 삭이는 열기로 음식이 타고 애도 탔으려니 입구에서 출구까지 늘어진 느침*으로 정말 쓰잖을까 태어나면서 섞인, 섞이면서 태어난 침 맛이니, 참맛은 모를 터

* 느침: 잘 끊어지지 않고 길게 흐르는 침

쉰 내가 쉰내로

풍덩,
동해안으로 직행하는 가시내들

쉰내가 낳은 쉰 가시내들
오십천은 강원도 삼척에 있다

쉰내를 내복처럼 입고 바다로 나가는 여인네들
모항 떠나는 범선같이 등대 등지는 풍랑같이

아스라이 멀미를 헤쳐 나가는 가시내들이
멀수록 난바다 더 깊고 넓은 너울로

단내 신내 쓴내 짠내, 사내를 외투처럼 걸치고
회귀하는, 그대로 썩을 수 없는 비린내로

삼척, 삼척, 오르고 또 오르는 가시버시들이
태백에 닿아서야 입덧 씻는 마침내로

요람이며 무덤인 쉰 내에 누워 멀미의 종결미들이
살 섬이는 땀 쉰내로~ 뼈 삭히는 젖 쉰내로~

* 오십천: 일명 쉰 내, 강원도 삼척시 도계읍에서 발원하여 북동쪽으로 흘러 동해로 빠져나가는 하천, 길이는 약 60킬로미터, 연어의 회귀천(回歸川)으로 유명하다

말미암아 있는 것들

간다면
한 번쯤 뒤돌아보겠지
더러는 불에 더러는 물에 불구가 된 나무들을
모자람으로 혹은 지나침으로 말미암아

아주 간다면
귀담아 들어 주겠지
어떤 잎사귀들의 비명과 어떤 뿌리들의 침묵을
귀 가려움으로 혹은 입 메마름으로 말미암아

영영 간다면
한 번쯤 안아는 주겠지
마른 잎사귀와 물크러진 뿌리, 그 모두를
코끝 찡함으로 혹은 눈시울 떨림으로 말미암아

우주로 떠나간다면
하룻밤쯤은 자 주고 가겠지

푸른 싹이 트는 새벽녘으로, 몸 섞는 부토 위에서
싱그러움으로 다시 달리고픈 윤회를
청마의 꿈으로 말미암아

형제

쇠창살 울타리를 두른 공동묘지
우리는 바로 옆 고속도로를 지나며
아침저녁 한 차로 출퇴근했다

형과 나는 잘 싸우고 잘 놀았다
버릇은 나이 들어서도 여전했다
나는 옥으로 깎은 성모상 열쇠고리를 가지고
줄까 말까 형을 쓸까스르면
형은 이것만은 욕심을 내보였다

'성당도 안다님서 나 줬음 좋겠다'
'싫으엇 난 천당 문 어떻게 열라고'
'바아봇 그게 열쇠로 열리나'
'성모상이잖아'
'네 마음이나 열어'

그러하던 형이 얼마 전 훌쩍 가버렸다
비 오는 날이면 형이 너무 보고파지면서

천국이 있어서 참 다행이라고 생각했다

오늘도 주룩주룩 비가 내려 묘지를 찾는다
하필이면 늘 다니던 길옆에 누울 줄이야
그것도 선산을 멀리 두고 외인들 묘지에
좌우편에 존, 마틴 앞에는 톰슨 부인이 누워 있다
'형, 나 다음 달에 전근 가 한동안 못 올 거야
미안해, 이것 두고 갈게'

함께 했던 세월
한 대 맞았던 기억은 낙과마냥 굴러가 버리고
미안한 일만 여물어 후드득후드득 떨어져서
성모상 열쇠고리를 그만 묘석 옆에 묻어주고 하늘을 올려다본다
방금 다다른 빗물이 가슴 안까지 흘러내리고 있고
쇠 울타리 창끝들이 모두 하늘을 가리키고 있다
오늘따라 발바닥이 더 끈적거려 돌아서지지가 않는다

내 그림자

1

싸우고 나가는 할망구에게
지난번에 사준 화장품 내놓고 가라고 했다
할망구도 지지 않고 내 점퍼와 내의를 벗겼다
우리는 갈 데까지 갔던 것이다
뜰에 나무들이 세찬 바람에 흔들리던 날이었다
할망구는 가방을 싸 들고 '씨씨' 하면서 현관을 나섰고 나는 '엠엠' 하면서 문을 닫아 버렸다 사흘 지나면 잊어버릴 이유 가지고 싸우지만 그때는 정말로 같이 죽자고 할 만큼 슬펐다
'자존심이 원수지, 늙어도 자존심은 안 늙어'
세차게 불던 바람도 점점 잔잔해지고…

배가 고파왔다 배야말로 자존심을 모른다 슬그머니 부엌 안을 들여다본다
어라, 일제히 부엌살림이 등을 돌리네, 그래라 모두 할망구 편인 줄 알지만

라면 정도야 안 되겠나 냄비야 나와라 라면은 어딨니

일이 벌어졌다 쌓였던 식기들이 부엌 바닥에 나뒹굴고 라면은 숨었는지 처박혔는지 찾을 길이 없다 은근히 화만 나는 것이 아니라 서러워지는 것이 나이 먹은 탓이런가 안살림에 무지함 탓이런가

에라 굶어 죽고 말지 나 없으면 할망구도 후회될 걸

큰대자로 침대에 발랑 누워 잠을 청한다 눈물 짜는 할망구를 그리면서…

2

햇살로 물결치는 호숫가를 젊은 남녀가 어깨동무로 걷다가 벤치에 앉아

정답게 볼을 비비고…

이윽고 달이 떠오르고…

달빛 쏟아지는 오솔길을 남녀가 속삭이면서 기대듯이 걷는다

대개 이런 달콤한 꿈은 금방 깨고 만다

어느새 바람도 그치고 나무들은 한껏 얌전해져 있다

몇십 년 버릇인가 할망구 잠자리에 손을 넣어본다

아침의 체온이 아직은 따스하다

어디에 가 있는지 해 질 녘이면 꼭 돌아와 내 옆에 눕던 할망구 내 그림자였는데 지금은 없다

먼 옛날 신행길에서부터 눈비 맞으며 나를 따르던 새색시가 할망구 되어 내 곁을 홀연히 떠나려고 한다 곤장을 얻어맞은 듯 정신을 차리고 자리를 차고 일어난다

셀 폰이 나한테 팔려 온 뒤로 이렇게 바쁘기는 처음일 게다 갈 만한데 있을 만한 데 다 전화해보아도 할망구는 오지 않았고 보지도 못했단다

온갖 불길한 생각이 꼬리를 무는 찰나 셀폰이 자지러지게 울린다

"넵 엽세요. 아 목사님 최 집사댁에요? 고맙"

황급하여 왼발에 운동화 오른발에 구두를 꽤 찌르

고 현관문을 박찬다

바로 그때 현관문 밖에 낯익은 등 모습 하나 슬프게 풀을 뽑고 있다

순간 소스라치게 놀란다 나는 앞뒤 생각 없다 사정 없이 끌어안는다

내 그림자를

“아! 여보 고맙소, 내가 잘못했우”

“아 아니 뭐 하는, 누가 봐유”

할망구의 물방귀 뀌는 소리가 그 어느 때보다 듣기 좋았다

라면도 못 끓이는 자존심은 시애틀을 떠나거라

할망구 몰래 외치는 나의 소리였다

저물어가는 햇살이, 나긋한 나뭇가지에, 함초롬히 얹히는 날이었다

한여름 난해시에 털옷을 입히며

한여름
한 사나이가 털옷을 걸치고
터벅터벅 태평로를 따라서 걷습니다
여러 해 다녔어도 무관심했던 사람들이
모두 뒤따르며 한 마디씩 합니다

'파산해서 실성했나 봐유
우짤고 노숙하다 한기 묵었냐
설마 훔친거으 앙이겠지비
벗어둘 집 없응게 입고다녀 부러야
보래이 잘 나갈 때 그냥 산 것을
후회하는 낯빛인기라'

모두는 모릅니다
사나이의 뼈아픈 사연을
사나이의 절실한 희망을
사나이의 찬란했던 추억

그리고 씁쓰레한 지금의 음모를

사나이는 뚜벅뚜벅 걸을 뿐입니다
이윽고 화장실로 들어가 버립니다
사나이는 참았던 땀 물을 시원스레 뽑아내면서
화장실까지 좇아 들어온 사람들을 보고
드디어 킬킬거리고 웃기 시작합니다

모두는 킬킬거리는 사나이를 보고
화장실 안에서
더더욱 궁금해서 미칠 지경이 됩니다

고마운 땅덩어리

나부끼는 풍선들 사이에서
열광하는 관중들
볼은 이리저리 차이고 구른다 난다
우리는 볼을 사랑한다
차이면서 사랑받는 볼은 슬프다

못 말리는 지구인
핵실험을 하고 숲은 걷어버리고
우리는 지구를 사랑한다
할퀴이면서 사랑받는 지구는 슬프다

언젠가 너무 차여서 지구도 바람이 빠지면
동 서쪽의 끝은 낭떠러지가 되고
더 이상 돌거나 구르지 않게 되어
밤이 가도 낮이 오지 않고 겨울이 가도 봄이 오지 않으리

바람 마시고 바람에 나부끼다 가는 관중들
커다란 볼 위에 조그만 풍선들
동그란 풍선은 바람으로 차 있고
동그런 지구는 풍선으로 차 있다

오늘 아침에도 떠오르는 해
돌아오는 봄 굴러가는 가을
둥그런 것들
싸우고 등을 돌리더라도
동서쪽의 끝이 닿아 다시 볼 수 있어서
고마운 땅덩어리

농담의 세계

농담으로 때리면 맞으리라
수묵화도 농담으로 맞지 않니
별 볼 일 없다고 해도 참으리
곧 별나라에 갇힐 것이므로

유리에 가두면 갇히리라
노안도 돋보기에 갇히잖니
공병에 갇힌다 해도 견디리
무병 투명해질 것이므로

공백이 되라 하면 순종하리라
공병도 재활용으로 선종하잖니
여백으로 불린다 해도 함묵하리
진담의 영토가 될 것이므로

밤하늘이 되라 하면 맞서리라
노을도 진농에 맞서고 있잖니

선염병에 걸린다 해도 꿋꿋하리
진담의 방파제가 될 것이므로

칼춤

무섭냐? 아니, 아프다
모두는 잊었겠지만
나는 기억한다
번쩍, 쏘아보던 칼날
싹둑, 귀 찌르던 소리
때문에 평생 쫓기던 칼의 환영

칼로 베이면 돼지는 돼지의 것이 아니듯
탯줄도 잘리면 더는 엄마의 것이 아닌
낯선 것들 속에 끼게 되는 손님
베이는 순간 나뉜다
물 같은 사이가 가족으로 유치원으로
절선의 안과 밖, 들어서느냐 떨려 나가느냐
유치원에서 대학이, 직장에서 단체를 가르는 칼질의 동네

휴전선을 지키는 군인이 군대의 것이듯

나는 직장과 가족의 것인 손님으로서
소유의 칼춤을 함께 추었다
도마 위에서 우열이 갈리고 말 때
광화문 네거리에서 열劣에 떨어져 울어본 사람은 안다
엉뚱한 곳에 깃발을 꽂듯 냉장고 속에 지갑을 감추고 쌓은 만조의 기쁨도, 가득 찰수록 가득 소유되어버린 욕망
주름처럼 옥동자의 살갗에 늘어난 절선들

바닷가, 땀방울 같은 포말이 날리고
쓴 찻잔 속에서 썰물지는 소리
크게 썰리는 바다 밑
바닥의 것들이 뻘밭을 긴다
구멍을 내고 할퀴면서
손님이면서 주인의 몸에 내는 칼질들
유치원 앞에, 고사리들 손목을 끌고 길게 줄 서는

낡은 손님들

톱밥처럼 눈이 날리는 저녁, 푸른 숲속에서 헛물켜는 소리를 듣지 못한다

아프냐? 아니, 무섭다

제3부

사이

돌 둘,
굴러가다 멈춘
본 일 없이 보는 돌 둘
울던 돌들 다 가고 남은 사이

마시고 마신 바람으로
좀 더 더, 빵빵해진 돌
뱉고 뱉어낸 바람으로
그만 그만, 딱딱해진 돌

한 사이로 마주 보며
이제는 접어야지, 바람
하나는 눕고, 하나는 서서
서로 바라보네

너가 못되어
너만한 슬픔
너만한 기쁨
볼 수가 없는

무겁고 덤덤한
무, 덤한 사이
난 바람 들고, 든 바람 나며
돌 둘, 흙으로 말리네

민들레 랩소디

잔디를 깎은 다음 날 술래잡기하듯이 다시 두각을 드러내는 민들레를 보노라면
이 도깨비들은 사뭇 서사적이기도 하다
보라, 노란 깃발을 들고 우뚝 선 흙수저들이라니 영락없는 저항군이다
깎이고 쫓기면서도 신출귀몰하는 저들의 모습이
느낌표로만 읽히는 이유인 것이다
먼지로 뭉쳐진 한 별에서 만물이 태어났듯이
근원이 같은 잔디와 민들레가 안착과 불시착으로 달리 고정되는 잔디밭을 보노라면 장소는 자못 운명적이기도 하다 보자, 도깨비들의 노란 얼굴에 촘촘히 두른 갈기를 자세히 보니, 잔디밭에 갇혀버린 고정관념에 뿔이 나 있는 것이다

레지스탕스가 점령군에게 저항하듯이
잔디에 밀리고 조이면서도 무릎 꿇지않는 민들레를 보노라면
다수의 고정관념에 대드는 소수의 강박관념이 한껏

레지스탕스적이다
알아보자, 노란 깃발을 접은 지 사흘 만에 다시 내건 백기를
알고 보니, 강박관념에 깃봉처럼 핀 바늘꽃인 것이다

바늘쌈에 바늘이 꽂힌 듯 이제 머리에 바늘을 꽂고 섰는 민들레에게 호호, 입김을 불어주노라면
금새 바람의 스타일로 히히, 날아가는 희박 관념이라니
이승 어데 바늘 꽂을 장소라도 있다면은 다시 살아보겠노라는 느낌표들의 입지는 가히 보헤미안적이다
애굽 땅을 떠나 홍해를 건너던 백성들도 이러했으려니
유배지에서의 흙꽃*들의 비상 또한 단연 엑소더스 적이기도 하다

* 흙꽃: 먼지의 방언

꼬리로 하는 말

여러 등고선을 넘어온
저녁이 산기슭에 이르러
숨을 돌릴 계절이면, 낙엽 속에 등 걸음 치고 있던
단풍은 연중 가장 울긋불긋한 독성으로, 저녁의 꼬리를 문다

불쾌한 꼬리는 노을의 혓바닥에 감기고
혓바닥은 이내의 발바닥에 깔리면서도 뉘엿뉘엿
댁은 뉘시냐고, 딴청으로 묻고 물으며 지평선에 눕는다

바삭바삭, 발바닥 아래서 전갈도 되고 올챙이도 된 잎맥들이 헤실헤실, 슬플 살도 없이 별똥 무리 가운데서 헤맨다
'너는 전갈, 나는 올챙이' 어둠 속에서 단풍의 꼬리들이 소곤댄다
그리하여 배꼽에 이르러서도

전갈자리에 착궁하는 올챙이들같이 서로 꼬리로 말하는 성질이 있다
말꼬리처럼 길게 끌면서 본의를 멍때리는 독성이 있다

이별 앞에 깜박이는 얼빠짐처럼
낙엽과 함께 사각사각, 슬픔을 사위는 낙엽나무에게
단풍은, 사철나무에게 없는 꼬리로서 있다
그러므로
꼬리의 무덤, 배꼽은 말한다
나오자마자 망설임 없이 울어 버리는, 우리들의 신새벽들에겐 꼬리가 없다

백분율의 인간성

태초에 비누 성분이 있었다
물과 기름이 섞이면서 인간성이 태어났다

70%의 물과 30%의 기름으로 태어난
거품은 이미 30%의 인간성을 지녔으므로
바람 앞에 풍선 같고 촛불 같다

오래 사는 물같이
피나게 얼굴을 긁어도 거품은 역시 거품
무럭무럭 유증기로 큰다

40%의 인간성이 되어서야 거품은 철이 든다
그냥 물로 씻기지 않는 것들은 끌어안기로
앙다물고 하수구에서 하류로 흐르기로

인간성 50%의 거품이면 알게 된다
흘러온 길이 제 저지레를 스스로 닦는 길였음을

%로 나이를 먹는 일이 제값을 받는 길이 돼야 함을

60% 인간성의 거품은 물의 소리도 듣는다
왜, 부풀린 값은
핏빛에 가까운지, 탄내를 풍기는지 또 시끄러운 맛인지
그 질문들도 받아들인다

인간성의 끝이다, 물 30%의 거품은
터지기 직전, 몇 안 되는 성인군자 들은
자괴하며 자책하며 자성한다
자랑할 수 없는 공동에 대하여
물보다 짧고 얇았던 생애에 대하여
부풀린 값을 제값으로 안고 떠남에 대하여

인간성 100%로 가는 길은 초인으로 가는 길이다
능히 빅뱅을 일으킬 수 있는

여러 초인이 있었지만, 나는
무색 무취 무미, 인간성 0%의 물보다는
창자 없는 한 겹 거품을 위해
제 살갗을 벗겨내는
계면활성의 초인을 쫓아왔다

겨울을 보내면서

설레는 꽃밭
봄이 출발점을 알리자 모두는 달리기 시작한다
선수들 가운데서 유난히 엉덩춤을 추는 코뿔소에게
“엉겅퀴야, 넌 꽃이 아니야, 들로 가려무나”
“싫어요, 겨울은 모든 계절에게 공손하랬는데요?”
“바보야, 이건 소풍이 아냐, 죽기 살기로 달리는 경주야”
서러운 생각이 여린 콧등에서 뿔로 돋는다

할딱거리는 잔디밭
여름이 반환점을 알리자 모두는 있는 힘을 다해 다시 뛰기 시작한다
유난히 선두그룹에서 겅중겅중 뛰는 들소에게
“엉겅퀴얏, 넌 잔디가 아니랬잖아, 들로 가라니깐”
“싫다니까요, 겨울은 모든 계절에 최선을 다하랬어요”
“천치야, 너흰 누대의 누락자란 말야”

못 박히는 억장이 귓전의 뿔들을 휘게 한다

몽용蒙茸한 들밭

가을이 결승점을 알리자 모두는 만삭의 질주를 멈칫한다

땀내 퀴퀴한 암소가 이미 선두의 선두로 날아와 밭을 일구고 있다.

"어이 엉겅퀴 아줌마, 덕택에 그루밭까지도 왔네만, 이젠 제발 사라지게나"

"싫어요, 겨울이 함께 하는 것처럼, 당신들을 따르겠어요"

"허, 외모보다 더 무섭군, 잡초와 농노農奴 두 혼령을 한 코뚜레에 꿴 것 같아"

"잡초나 귀신 같은 그런 말씀 마세요, 한 묶음의 화살로 피어난 꽃 겨울 닮아 톱니 같아졌지만, 저도 하늘에 임자가 있다고요"

서릿발이 온몸을 감싼다

눈이 눈을 얼리는 눈밭

드디어 시련을 시련으로 얼리려는 겨울이, 종점을 알리자 모두는 제 씨앗들 속으로 뛰어든다. 독선의 무리였든 악역의 천사였든 공손히, 지은 만큼 불편한 옥방獄房에 주저앉는 주자走者들을 본다.

최선을 다해 옥고를 겪은 만큼 우쭉우쭉 달려나갈 계절들이 있어, 우리는 이제 겨울을 사랑하지 않을 수 없다. 유난히 올겨울은 춥다고, 해마다 같은 말을 하면서…

모래의 눈물

바다엔 모래의 눈물도 섞였느니
모래가 된 섬들은 서러웠던 거라

기쁨은 금빛이어서 소금보다 반짝였느니
모래를 펴서 말려 보았던 거라

하늘에 떠 있는 얼굴들도 금빛였느니
금붙이들이 흐르는 은하수를 짜 보았던 거라

별똥들이 후드득, 바다로 떨어졌느니
기쁨은 기름처럼 뜨고, 슬픔은 소금같이 가라앉았던 거라

섬이 된 사람도, 모래가 된 사람도 다 서 있었느니
슬픈 눈물 위에 선, 반짝이는 눈물들은 다 거룩해 보였던 거라

걸어다니는 암덩어리

나무가 춤을 춘다
바람이 시키는 대로 춘다
추지 않으면 꺾인다, 뽑힌다
아주 엎드려서 산다
바람이 북쪽에서 부는 날도 북쪽으로 엎드리라고 한다
개가 되어 썰매를 끌고 광막한 동토를 기기도 한다

죽어서도, 꿈속에서처럼 긴다
끝없이, 북쪽으로
세상의 맨 끝 북극 마을 쿨라파로이스
그 곳에서 썰매를 끄는 개들은 단 두 달이지만 여름을 싫어한다

썰매를 끌지 못하는 철이므로 살아 숨 쉴 만큼만 먹이를 얻어먹는다
이상해져서, 배가 부르면 서로를 물고 뜯는다 피 맛

을 보면 썰매를 끌다가 주인도 문다

여러 가닥으로 한 줄을 묶지만, 썰매를 끌며 달릴 수 있는 겨울을 더 좋아한다

동토 너머 있을, 이념으로 배부르지 않는, 어머니의 어머니 나라에 언제고 갈 것이다

개들은 말을 잘 듣는다 죽어라고 썰매를 끈다

끌라면 끌고 물어 뜯으라면 물어 뜯는다

혹독한 추위와 냉혹한 핍박으로 조련되어서

5m 두꺼운 얼음을 깨는, 쇄빙선도 깨물라면 깨문다

쇄빙선이 두 동강 난다 냉혹과 혹독, 그 치열함이 깨물려서다

더 이상 얼음을 깨며 물길을 낼 수 없게 된다

미운 것은 깨물고 숨는 개보다 안했노라고 발 빼는 개들이다

더 미운 것은 시키고 나서, 비싼 술에 취해 있는 개들 임자다

이것은 가끔 즐기던 쥐불놀이가 아니다
하늘의 안녕을 건드린 것이다 천문으로 믿는 옆 마을에 가서 무엇을 구걸한다
이번에는, 마을의 무엇을 떼주고 또 얼마나 마을의 혼을 밟히고 오려는지,
보라! 보인다 기차에서 내리는 모습이
숲을 눕히고, 동토를 만들고 죽도록 달리게 하는 위대한 살덩이가
암 덩어리가 걸어 나온다, 암 뿌리 깊은 혈통이
우리 푸른 별의 한 점을 시들게 하면서 되똥되똥, 걷는다

단시 3편

1

뒤차가 경적을 울린다
불경기만큼 불안하다
뒤차가 추월을 한다
불경기만큼 언짢다
앞선 차가 멀리 달아난다
불경기 놈일 거라 생각하니
마음 편해진다

2

반평생 살던 집을 팔아 치우고
새집에 이사 와서 모두 좋단다
멋있고 전망 좋고 문명적이고
내일이면 헌 집 되건만
추억은 또 쌓으면 되는 거라며
더껑이 낀 추억 버리고 짐짓 태연타
애들만 한 뼘 뚫린 세월
어디 가서 찾으란 말이야

가끔
팔아버린 옛집을
먼발치서 돌아다본다

3

사과는 빨갛게
참외는 노랗게
사람은 하얗게
익어 가는데
때깔보다 향기 있어야
향기보다 맛이 있어야
물감 바르지 않고, 향수 뿌리지 않고
멋있고 향기 있는
늙어 갈수록
맛있는
사람
어디 없소

뒷모습

어느 날 어떤 분의 뒷모습을 보고 틀림없이
아는 그분일 거라 생각하고 뒤쫓기 시작합니다
누구보다도 기다렸던 사람, 꼭 만나봐야 할 사람
물어보고 싶은 것도, 부탁할 일도 많은 것입니다

길은 사람들로 북적거리고, 교회 가는 사람 성당 가는 사람
오가는 사람들로 어지럽습니다
뒷모습을 놓치지 않으려고 여러 번 넘어질 뻔합니다
한참을 쫓았는데도 거리는 가까워지지 않고 그대로입니다
마음 같아서는 달려가서 와락 붙잡고 싶으나
길을 묻는 사람들 사이에 꽉 끼어서 어쩔 수 없습니다

그만 다리도 아프고 지쳐서

그분이 아닐지도 모른다고 생각해봅니다
비슷한 사람도 많은데 하고 망설여지는 찰나
가던 그분도 발을 멈추고 섭니다
지나가는 소경에게 길을 내주고 있습니다
어렴풋이 보이는 옆모습이, 그분입니다
알고 있는 분도 저랬습니다
힘을 내어 다시 뒤쫓아 갑니다 그분도 빨리 걷기 시작합니다

좀처럼 가까워지잖는 그분에게서 발걸음을 돌리고 싶어집니다
그러나 이미 많이 와버렸습니다
그 어느 때보다도 가까워진 지금
낮이 아니면 안 됩니다 다시 걷습니다
점점 가까워지는 이 시각에
아! 해가 저물고 있습니다

딸기를 먹다가

하앗! 딸기를 보면 웃음이 나와
딸보다 아들이 더 좋다고 주정하던 딸 부잣집 아저씨의 딸기코 같아서다
봄에 취한 딸기들이 덩굴을 붙잡고 늘어져 딸싹인다
시아버님 사랑에 얼굴 붉힌 새댁 같다고도 할까
부른 배에 웬 씨앗들이 그리 많이 달렸다
빨강 빨강 꽃만 따먹고 되게 눈 딸따니의* 꽃 똥이라고 부를까
달콤새큼한 내가 온 봄을 휘젓는다

가까이서 보니 딸기는 야단스러워
봄을 조몰락거리는 조그만 심장들이 송알송알 노란 땀방울을 내비치는데
붉은 산에 모 심듯이 식목을 끝내고
터뜨리는 폭죽에 불꽃 송이들이 노란 불티를 휘감았다
이웃고 노을 진 하늘에 노오란 별들이 나란하다

드려다본 즉, 딸기는 울고 있어라
어린 나이에 원죄 같은 씨앗들을 오지게 쓰고…
세상에 내놓고 기르기가 그리 쉬운 일인가
깎일 줄 벗겨질 줄로 알고 껍질에서만 기르던 씨앗들인데 통째로 먹힌다는 소문에 충혈되어 있지 않은가

가까이 다가갈수록 서글퍼 보이는 딸기들
너무나 인간적인 사연에 차마 씨앗을 아드득 오드득 씹을 수 없어 잇몸으로 오물오물 목구멍에게 떠넘겨 버린다

가파른 산세 총총히 숲이 있는 붉은 산들이 으깨져 목구멍으로 넘어가고
뱃속 깊은 곳에서 분화구마다 우주복을 입은 아파트 주민들의 아우성이 요란하여서 딸기같이 이쁜 똥을 누기는 틀렸다 오늘도 하앗!

* 딸따니: 어린 딸을 귀엽게 이르는 말

가훈

'울지 말자'
울 일이 많았던 날
엄마는 눈가에 가훈을 심어 주셨더니라
웃고 살라는 바람이셨는데
가훈을 어긴 청개구리가 운다
저기 저, 눈가에 심은 눈썹들 떠내려갈까 봐

아빠가 낳으시고 엄마가 기르신 가훈
팔백 열닷샛날 빗발치고 육백 스무닷샛날 천둥 뿌리던 날
눈물 깨물며 자란 가훈이 장마철이면 우릴 울렸더니라
저기 저, 눈썹들 물기둥이 될까 봐

웃자고 건너온 나라였으니
웃을 줄밖에 모르는 아이들에게
매웠던 사백 열아흐렛날의 학업과 시디셨던 오백

열엿샛날의 가업을 들려줘도
우리 몫까지 웃어 버리는 청개구리들에게 우리는 돌이 되었더니라
저기 저, 물 마른 눈썹들 돌기둥이 될까 봐

'웃지마'
돌 맞은 아이들은 울면서도 웃었더라
푸른색이며 개구리 같다는 돌팔매질에도 웃던
돌 맞는 돌들의 눈물을 돌은, 못 보았느니라
'개굴개굴'과 '와글와글' 소리를 횡들었듯
타국어로 우는 아이들을 몰라봤더니라
저거 저, 눈썹들 소금기둥이 될까 봐

웃음과 울음이 같은 고향의 눈물이어도, 잘 웃는 일이 어려움을 돌의 몫을 웃어 보고야 알았어라, 가훈이 가문을 지키는 일임을 저기 저, 눈썹 없는 청개구리들을, 엄마는 예전에 아셨었던가 봐

불경기의 맛

불경기가 뱀처럼 덤벼들어
먹히면서 사랑을 구걸하는 눈빛들이라니
먹히기 전에 독수리가 되기로 하네
헐값에 팔았으니 거저먹을 수 있는 것을 찾아 나서네
밀림 고비샅샅 누비다가 좋은 먹잇감을 찾았어
느티나무집, 버팔로를 구워 파는 스테이크하우스야
시설비는 그만두고 여섯 달 셋돈만 갚아주면 다 넘기겠대

스테이크 한 접시를 시켜 놓고 이것저것 살펴보는 중이네
주인은 사형수처럼 카운터에 쪼그라들어 있고
자리마다 불경기가 다 차지하고 앉아있어
얼음 같은 침체가 식탁이며 메뉴판까지 꽉 깨물고 있구먼,
소를 사랑하지만 고기는 식도락가랄 만큼 즐기는

편이어서 겉만 살짝 익혀 달랬어, 날것의 진미를 좀
알지 사자도 들소가 음머엉, 무릎을 꿇자마자 뜯어 먹
잖아

식욕으로 깨지는 평화, 핏물 내비친 스테이크 씹다가
눈앞에 알씬거리는 소, 주인, 개구리들 눈빛 때문에
식욕이 깨져버려
우지직, 혓바닥을 깨물고 말아, 먹히는 그 감촉을 한
순간에 오지게 맛보네
남 탓할 수 없는 이 아픔을 아는가
빚보증을 잘못 서거나 열쇠를, 잠긴 차 안에 두고
내리거나
아내와 아이들을 길에다 떨게 두고, 돈 꾸러 다녀
보거나
아파, 혓바닥을 굴릴 수가 없어, 누군가를 탓해야
겠네

싸우고 싶어 하던 주인과 실컷 싸우고 허둥지둥 길거리로 나오네
길에는 말, 양, 사슴들이, 하늘에는 새들이
길가로는 감탕, 층층, 너도밤 나무들이
이것들이 도대체 불경기를, 나보다 모르는 거야
침을 뱉어줘야겠네, 퉤! 아니, 뺄건 핏물이잖아
구뜰한 스테이크 뒷맛인 줄 알았더니, 혓바닥에서 나오는 독수리 피 아냐
피를 먹고 있었던 거야, 여태 먹히고 있었던 거야

나무의 기도

한 곳에만 서 있는 저에게
흙만큼 많은 음식을 주시고
또한 씻고 마실 만큼 많은 바람 주시며
하늘만 한 햇볕으로도 감싸주시니 감사합니다

보질 못해도 잘살아 보겠습니다
듣질 못해도 잘살아 보겠습니다
말을 못해도 잘살아 보겠습니다

땅속을 더듬을 수 있어서 좋아요

바람과도 춤출 수 있어서 기뻐요
새들을 품을 수 있어서 즐거워요

오, 하느님
먼지를 내지 않고 서 있겠습니다
바람과 사이좋게 지내겠습니다
침묵을 지키면서 살겠습니다

귀주부龜主簿 별전

야채처럼 텃밭에 갇힌 삶이 쑥은 쑥스러웠다
기름진 땅 소문에 다랑귀 뛰듯이 좇아온 나라였지만
반찬감 신세가 된 꼴이 멋쩍은 것이었다

약초의 꼬락서니 또한 어이없었으니
간 쓸개는 두고 왔다고 누누이 말했지만
대국의 협심증에는 쑥만 한 심장약이 없다고
귀주부가 젊은 왕에게 이미 아뢴 터였다

황야의 무법자로 살아온 제게, 울타리란 어울리지 않사옵니다
대초원을 무시한 약성이 어떻게 깡충깡충 뛸 수 있겠나이까
튼튼한 심장을 만들어 오겠사오니 내보내 주옵소서"
들판으로 나가겠다는 쑥의 갈망은 쑥다웠다

“자고로 쓸 만한 약이 제 발로 돌아온 적이 있었던고?”

“애오라지, 쑥의 양심은 하나뿐이옵니다”

“덕이 없는 짐이 쑥 덕을 보게 될지, 두고 봐도 되겠는가?”

“양심이 없는 심장은 약효도 없사옵니다. 통촉하여 주소서”

평펑, 방귀처럼 뀌는 대신들의 쑥덕공론으로 거북이의 귓등은 심히 거북했으나 고향과도 같은 쑥 맛은 외면할 수가 없었다

쑥스레 쑥을 황야로 돌려보내는 거북이의 목 또한 길었다

배꼽

세상의 끝을 보고 싶다면, 억 년 전 바다 밑을 건너야 하리
뜨거운 바다 격류 속을 헤엄쳐야 하므로
허파는 아가미로 바꾸고 지상과의 모든 계약은 일단 유보해야 하리
사뿐 헤엄치듯 나아가려니와, 달려가선 아니 되리
지느러미가 삐거나 지쳐도 당황하지 말지니 이는 이웃이 있음이라
어떠한 이웃이면 어떠하랴마는 혹독한 외로움과는 어깨를 겯지 말 일이다

지도를 믿지 말 것이로되 나침반보다 바다의 눈빛을 따를 것이로다
태고에서 밀어닥치는 물살이 길 없는 물길을 만들 터
아무리 나쁜 상황일지언정, 좋은 일이 절반일 거라고 믿을지어다
오래 쉬어야 멀리 갈 수 있으리라는 꿤에 영혼을 맡

기지 말지니
다 같은 주검의 공간이 아니더냐

작별 인사도 없이 심해가 멀어질 때 불쑥 손 내미는 것은 산호초려니
험악한 돌 골짜기는 오히려 뻘시대를 그리워하게 되리로다
깊고 어두운 동굴 벽에, 마지막 아사자들의 선망으로 뜯긴 물고기의 그림들이 죽은 젖먹이의 시신을 안은, 엄마의 젖 쉰내와 함께 자고 있느니

가만가만 가시 무덤, 망령 든 무덤, 돌을 던지고 싸웠을 무덤들을 밟고 올라서서 참았던 갈증을 왈칵 게우고 난즉 오, 세상의 끝이로다

더 이상 나아 갈 수 없는 정상, 자잘한 자격증으로 빗살진 아가미를 벗어 던지노라

할퀴고 온 바다 밑의, 한계 앞에 탈진한 이웃들과 절망으로 내뱉은 욕설들을 수렴하노라

지나쳐 버린 많은 아름다운 것들에 대하여서도 회환의 눈물을 흘리노라

보라, 지나온 사선死線들은 여인의 능선처럼 부드럽고 색색으로 쏘아대던 노을빛은 빠알간 물집과 함께 어둠에 지노라

물고기 같이 너무나 깊은 내면을 지나왔으므로 감방에서처럼, 척하거나 거짓말을 못 하느니

절망과 황홀이 바림[渲染]으로 채색한 이 끝을, 세상의 배꼽이라 부르노라

70년 만에 다시 찾아온, 백발의 노인이 우는가

왜 우십니까? (너무 잘 보여서 우네, 절망하다가 사랑하고 다시 떠나보내고…)

또 오시겠다구요? (그렇다네, 절망의 백신을 맞으러 또 오겠네)

제4부

시 주정

혼자서 술을 마신다
호젓이 시와 영혼이 만나 마신다
오욕칠정을 리트머스지로 술잔에 담아본다
색깔이 돋아나고 열기가 솟아난다
슬픈 색깔은 더 슬퍼져서 울음으로
기쁜 열기는 더 기뻐져서 웃음으로

우문우답이 오가고 마침내 하느님께까지 주정을 한다
'좋은 시 하나 주세요'
하느님도 주정하신다
'많이 주지… 많이 고쳐 써야 할걸'
언제나 같은 말씀
시는 끝없이 닦아야 하는 원석

어렴풋이 흐르는 시에 술을 붓는다
산이 되고 폭포가 되고 바다가 되고

온몸으로 토하면서 또 시를 마신다
시는 많을수록 생은 의미롭고
시인은 많을수록 세상은 짙어지니까

기어이
술잔이 나를 붙잡고
달구지 타고 같이 가잖다
깊은 생각 속으로
시심을 찾아 함께
달가닥달가닥
간드랑간드랑

수중보에서 무슨 일이

바람도 헉, 하고 멈칫할 때가 있다
사정하는 순간이다
부끄러워하지 마라
조물주만 알고 계시느니

양수에서 양양,
헤엄치는 물방울, 천릿길 내색않고
풀섶 밀치고 계곡 달리느니
쉬었다 가려마
잔돌이 붙잡고 보가 막는다
흥건히 고였다가
넘실넘실 넘치는 봇물 속은
만남의 광장이었다가
이별의 정거장이었다가
방게도 방긋 웃고 마는 사연이
졸졸,

사람도 보 하나쯤 있었음 좋겠다
슬픔일랑 가뒀다가 다독여 흘리고
기쁨일랑 재웠다가 곰삭혀 내보내
조약돌 반짝이는 여울목에서
얼싸, 끌어안고 몸 섞는다면
헉, 하고 조물주도 멈칫하시겠다

얼굴이 큰 고래

공항엔 발이 묶인 바람 자루가
해변엔 지느러미가 묻힌 고래가 있습니다
저들은 바람의 자식들이 맞습니까

저, 바람 자루는 마지막 물기둥이 뿜어 올린 새끼고래 같습니다
대양을 훑던 잠망경들이
이제는 사철나무처럼 살고 싶어 세운 솟대로도 보입니다만 물 밖이 더 흐려서 다시 바람을 싣고 있군요

번쩍이는 등대의 눈도,
풀꽃을 더듬던 코끼리 코만 한 코도
모국어를 채집하던 잠자리채 같은 귓바퀴도 옛날처럼 버리고 가겠네요

신발 끌듯이 와서는 성냥불 긋듯이 피식, 떠나려는 활주로와 유황맛으로 부푼 풍선을 그래도 놓지 못하

는 혓바닥은 욕망과 욕구를 빼닮았군요

다음 무한이 더 맛있겠지, 다른 차원이 더 멋있겠지
고향을 묻지 않고 방향만 가리키고 있는 자루입니다
맑고 밝았던 어제보다, 맛있고 멋있을 내일보다 오늘, 물 반 오물 반으로 펄럭이고 있는 혓배가 더 안쓰러운 굴뚝입니다

마침내 기둥은 오랜 체면치레 끝에 내놓는 부탁처럼 허파만 한 부레를 내겁니다
지금까지 실은, 묻힌 지느러미를 빼내기 위해서 쉿대로 살아온 것입니다
구멍 난 얼굴로 마지막 눈처럼 겨울을 끝낼 수 있을지 모르겠습니다

자목련

수학 시간 빼먹고 얼굴만 붉히던 자목련
잎보다 꽃이 먼저 핀 여학생은 조숙했다던가

바람난 짓이었다
엉덩이에서 먼저 뿔이 난 일이었다

우수 경칩에 녹아나지 않던 얼음이 있다던가
얼음보다 먼저 놀아난 춘풍였다

삼월 삼짇날에 물오르지 않던 목련도 있다던가
꽃보다 먼저 펄펄 끓던 춘정였다

그날 번개는 뇌성보다 먼저 떨어졌었다던가
눈먼 벼락을 먼저 맞지 말아야 했다

해님은 춘풍을, 달님은 춘정을 부추기고만 놀았다던가

새싹을 감추고 입술을 깨물며 먼저 빕더서야 했다

이름 봄, 수유 시간 빼먹고 먼 산 바라보는 철부지
어미
자줏빛 눈망울이 아연하던가
아기보다 먼저, 먼저 잠이 깨곤 했다

누구는 누구인가

글이 안 써지는 날
누구는 글을 읽는다

글 한 권을 다 넘겼는가
행간의 먼지도?
새 신발을 찾았는가?

들판의 묵은 먼지처럼
길에 버려진 헌 신발같이
무기력한 누구는 누구인가

누군가 지나가는데
들판 길들이 모두 조용하고
숲속 신발들이 모두 잠잠하다면
누구는 바람이 아니다

길마다 먼지를 쓸지 못하고

먼지를 묻힌 새 신발을 꺼내주는
바람은 누구인가

검은 장미

벌도 닿지 않는 곳에서
검은 장미 한 그루가 자라고 있었다
검은 나비 한 마리가 기르고 있었다
딱정이 쐐기 달팽이도 그냥 함께 살고 있었다
어느 날 비행기가 산천에 송충이 약을 날렸다
벌레들이 죽고 검은 나비도 죽어버렸다
보살핌 없이 멋대로 흐트러지고 뜯기면서도
바위며 둔덕을 타고 올랐던 검은 장미는
외로움만은 타고 넘기가 힘들어 그만 시들고 말았다

한쪽 다리를 잃은 한 처녀가 검은 장미만을 기르면서 어둡게 살고 있었다
외모에 자신 없는 한 총각이 이집 저집 정원일을 하면서 컴컴하게 살고 있있다
두 사람은 왜 검은 장미를 좋아했을까
세상이 어두워서, 눈앞이 컴컴해서 그랬을까
물과 불이 메마른 곳을 좋아하는, 이유 하나로 좋아

질 수 있듯이
두 사람도 검은 장미를 좋아하는, 이유 하나로 사랑할 수 있었다
물처럼 달콤하게 불처럼 뜨겁게
처녀는 어려서 차 사고로 다리를 잃었다
총각은 기생충감염으로 뇌를 다쳐 키도 크다 말았다
두 사람의 상처는 검으면서도 색깔이 달랐다

총각은 들쑥날쑥 무성한 정원수를 가지런하게 깎고 싶었고
벌레가 들끓는 장미에다 약도 뿌리고 가지치기도 하고 싶었다
처녀는 약을 뿌리거나 나뭇잎 하나 떼는 것도 못 하게 하였다
어느 날 총각은 처녀 몰래 자기가 원하는 세상으로 정원을 깎아 버렸다
약을 뿜어 벌레도 없애고 키도 고르게 잘라내어 자

기 키에 맞게 다듬었다

처녀는 장대 눈물을 흘리며 울음을 쏟았다

총각은 들불 같은 노여움을 삭이다 못해 산으로 뛰쳐나갔다

두 사람은 헤어졌다

물과 불은 달라도 너무 달라서, 한가지 이유만으로 묶일 수 없다는 것을 알았으므로 처녀는 비탄에 빠져 가슴이 무너졌고 총각은 절망으로 가슴이 타 버렸다

한 사람은 폐암으로 죽어 갔고 그날 또 한 사람은 농약을 마셔 버렸다

물이 불을 끄고 불이 얼음을 녹이는 날이었다

장미, 검은 장미 장송곡처럼

숙연한 장미

벽시계

세상 벽시계는 벽에서 살고, 우리는 달동네에서 산다
세 발로 벽시계는 재깍재깍 제자리를 맴돌고
세 소원으로 우리는 제각각 제자리를 오르내린다

제일 빠른 내 소원은 두발자전거를 갖는 것
다음으로 빠른 아빠의 소원은 공장장이 되는 것
제일 느린 엄마의 소원은 달동네에서 벗어나는 것

오늘 벽창호 같던 벽시계가 죽었다
밥상 위에 의자를 올려놓고, 올라서서 건전지를 갈려다 나는 그만 벽시계를 떨어뜨리고 말았다

벽시계의 건전지는 내가 갈아야 했다
밤일하다 다치신 아빠는 병원에 계셔야 했고,
엄마는 집에서 병원으로 하루에 두 바퀴씩 도셔야 했다

'죽으면 안 돼, 살려야 돼'

죽을 뻔한 플라스틱 몸에 본드를 바르고 테이프를 붙였다

그런데, 죽었다 살아난 우리 아빤 누가 떨어뜨렸을까?

그날, 한 시간이나 느린 벽시계는 죽기 전이라 기운이 없었을 거

그 바람에 엄마는 늦잠을 주무셨을 거, 그 덕택에 아빠는 밤일을 하셨을 거

그 밤, 나는 꿈속에서도 세발자전거를 재깍재깍 투덜대었던 것

다행히 벽시계는 새 건전지를 넣자, 뚜벅뚜벅 누워서도 잘 걸었다

다친 벽시계를 벽에 걸고 싶지 않아, 내 책상 앞에 앉혔다

다신 아빠를 떨어뜨리지 않기로 결심하였다

짠내의 염도

부산 해운대에 가면
새우깡 먹는 갈매기들이 있다
오륙도 가는 유람선이 뜰 때면
갈매기 떼 백여 마리 따라붙는다
새우깡 던져주면, 끼룩끼룩, 갈매기들은 치열하다
새끼 갈매기는 새우깡 달라고 팡팡 눈물 쏟고
어미 갈매기는 먼저 먹겠다고 뻘뻘 땀을 뺀다
바다에는 소문만큼 먹을 것이 없는 것이다

짜구나

새우깡 같은 섬이 있고
등 굽은 것들이 모여 살고
꼬리만 한 뻘밭이 있고, 그게 다다
대대로, 평생이 휘도록 땀 흘린 곳
언제나 오늘은 어제보다 바다가 짰다

바다에 살며
물질하러 간 이의 소식 묻힌 곳이라, 떠나질 못했다
눈물 글썽인 체로 자꾸만 뒷걸음치는 썰물 끝에 서서
하루만 더 하고 돌아설 때는 절도록 질척거렸다
하얀 머리채를 날리며 밀물이 달려올 때
허우적거리며 끌어안은 것은 버캐였을 뿐

저녁노을이 새우처럼 발갛게 등 익는다
새우를 더 잡는다고 나아질 병도 아녔건만
물질을 막지 못한 통한의 파도가 되어
사납게 바위를 친다 처얼썩 처얼썩
파도가 칠수록 바다는 짜진다

세상의 모든 사연은 바다로 와서 짜고
이 밤 새우는 모래톱에 올라 짠 내 터는데
꼬바기 저 바단 물에 올라 뭣 하러 궁싯대나

히말라야 산에도 소금 동굴이 있다는데

산 그림자

지금, 살아있는 그림자라고 말함은
힘들 때 문득 느끼는 아내나 친구 같은
없는 듯이 있는, 그림자를 말함이 아니다
선뜻 성금 모금함 앞에 줄 서지 못해 대신 내보내는 그림자라거나 죄짓고 자책하는 술 먹은 그림자를 말함은 더욱 아니다

거대한 그림자 한 마리
잡혀 왔거나 쳐들어왔거나, 도시 한복판에 엎드려 있다
그리움이나 부끄러움과는 거리가 먼 어두운 흉물
실체에게 먹혀버린 빛의 공동空洞이면서, 숨을 쉬고 있는 그림자
원형 각형 등으로 모습을 바꾸는데도 그 실체는 어리숭하고

그뿐인가, 순식간에 몸집은 전염병처럼 부풀어 군

중을 덮친다

입에서 쏟아지는 물줄기는 쓰나미 같고, 거친 숨소리는 돌개바람의 씨가 되어 근처를 휩쓴다

심장의 열기로 마른 풀밭은, 뿌리까지 들떠 모래바람에 섞이고 그림자의 그림자 밑은, 혹독한 냉기로 유례없는 폭설에 묻힌다

살아있는 그 그림자가 이제는, 지구 여기저기에 출몰한다 UFO처럼

빛들이 버린 그림자들

먼 우주를 건너오는 동안 덧낀 더러운 먼지를, 대중탕이 허물어진 곳에서는 지상에 와서 턴다

난폭해진 먼지들은 그림자회에 가담하여 암 덩이를 버리고 십만 년 쌓인 유적도 녹인다

이젠 모두 말해야 하리, 죽일 수도 해부할 수도 없어서, 새까맣게 외면하고 말아서, 그림자여야 되는 그

림자 이야길

언젠가 우릴 접수할지도 모를 산보다 큰 그림자에 대해서

파리

세상에 정의는 있는가 평등은 있는가
눈보다 작은 머리라 해도 생각은 있다
눈물 없는 눈이라 해도 슬픔은 있다
노비문서와 바꾼 평생도 아닌데 빌어야 하고
탐관오리의 혈손도 아닌데 빨고만 살아야 하는 생이 야속하다
가벼운 목숨만큼 가벼운 저항이 정의라는 체질에 압살될 때
아무도 순교라 불러주지 않고 잉여 된 식구는 애완받는 팔자와는 거리가 멀다
오물에 앉는다는 죄로 화석 된 운명에 연루되어
과적된 혐오로서 성소에서도 배척되고 사찰에서도 추방된다

너희가 아느냐
평생을 앞으로 빌고 뒤로도 빌어야 하는 고행을 천장에 거꾸로 매다는 고통을

값비싼 포도주가 우리가 앉았다는 이유만으로 몽땅 버려질 때 무너지는 우리의 자존심을, 부촌에서 오히려 배곯는 풍요 속의 빈곤을…

모든 권리는 차압되고 접근금지만 강제된 세계에서 해탈하고 싶다

머리보다 큰 눈으로 천장에서 내려다보며, 세상을 거꾸로 생각하지 않을 수가 없다

인간을 애완동물로 삼아보자 더욱더 핥아주고 빨아주자

무소유의 착지로써 고속버스 무임승차, 고급식당 무전취식 이 모든 것이

내 것이 아니면서 내 것인, 우주에 화응하는 소유가 아니겠는가

품위 있는 비행으로 재판관의 콧물, 성직자의 눈물, 민권운동가의 땀물에만 앉으며 천더기 아닌 새끼들을 이제는 슬어보겠다

고도 비행에서는 하늘과 땅의 구별이 어렵다고 한다 특히 황혼 녘 바다 위에서는 황홀한 날갯짓이 지나쳤던가 보다 고공의 착시현상으로 아뿔싸 바닥에 추락하고 만다

아까부터 노려보고 있던 치와와가 달려들어 덥석 깨문다

파리, 파리의 목숨이었다

이따금 까닭 없이 바닥에 나뒹구는 파리들을 보아 왔다

흙의 장례식

흙의 장례식장이다
아스팔트 향을 피워 놓고
흙을 다지는 롤러가 진혼곡을 다진다
뿌리 뽑힌 나무, 절개된 언덕들이 벌겋다

다시 죽을 흙들이 흐느낀다
아스팔트에 묻혀 죽어갈 길이 슬픈 것이다
하늘 아닌 것에 덮여 죽어 살 일이 더 슬픈 것이다

벌건 흙들도 멍해진 것이리
아스팔트 향에 기들이 막힌 것이리
10년? 100년? 뿌리째 뽑힌 희망에 절망한 것이리

죽은 채로 죽었으므로 살아오리라
무죄이므로 100년 후라도 돌아오리라
아스팔트는 10년도 못 가서 발병이 나리라

흙이 낳은 사람들이 아스팔트를 낳는다
흙, 흙, 흙이 긴 울음을 삼킨다
흙의 딸꾹질이다

생쥐

골방 꾀꾀로 넘나드는 새앙쥐
새벽녘 가난한 살림 깔짝거린다
단꿈 갉으며 결 딱지 돋우건만
반짝이는 눈망울 할끔할끔
가슴속 나래들 간지럽힌다

복더위 여름방학
어린 천사들 파닥거리며 골목대장 앞세우고
십 리 밖 구불구불 극락강*까지 먼지 날린다
강둑 질펀한 참외밭 옆 돌담불
옷 벗어 던지면
그제서야 뒤따라와 앉는 먼지들

골방
폴 내려앉는 소쿠리
먼지 놀라 다시 일고
바동거리는 새앙쥐 평생 그르친 후회 한숨짓고

그까짓 것 굄나무 말라붙은 밥알 하나
혼백 판 회한 보듬고 내내 운다

샛노란 참외들 물위 얼비치 듯 동동 떠다니며
고함지르고 물장구치며 한참 노는 천사들
점심도 거르고 한낮 기울 때쯤
농익은 참외 달콤한 향내 더욱더 코끝 여울지고
뱀처럼 구불구불 기는 강물 한껏 녹아들어 요염하다

갇힌 새앙쥐
간힘 다해 소쿠리 할퀴건만
쇠망 씌운 섭리 아득한 깜냥
너무 울어서 입안 피 고이고
너무 빌어서 발톱 나달거린다

살금살금 참외밭 기어가는 참외 같은 것들
졸개들 하나씩, 골목대장 두 개 따는데

파아란 하늘 벼락 치는 소리
어린 천사들 오줌 지린다
고리눈 뜬 주인 돌담불 위 우뚝 서서
천사들 옷 모두 거두어 싸안는다

엄마 가슴 얼굴 묻고 듣던 이야기
'옛날 나무꾼, 선녀 옷 싸 갔다는데
나무꾼 우리들 옷 다 빼앗아 가네요
맨날 엄마, 용돈 안 주시고
왜 옛날얘기만 들려줬나요'

마을 쪽 걸어가는 나무꾼
천사들 그 뒤 따라
단내 오히려 미운, 참외 들리운 채
논두렁길 한 줄기 끌려가는 발가숭이들
'아저씨 잘못했어요
너무 배고파서, 돌려주세요 옷

아무리 울고 빌어도 돌아다보지 않네요
옛날 선녀도 이렇게 빌었을까요'

심술궂은 나무꾼 빨래터 이르자 걸음 늦추고
우물 언저리 매암 돈다
아낙들 방귀 나오고 배꼽 빠지도록 웃어댄다
참외 하나 든 졸개들
나머지 손 앞 가릴 수 있지만
참외 두 개 든 대장
손 없어 달랑거리는 앞 가릴 수 없다

'아. 아버지 뭐 하시나요 아들 수모당해요
참외 무거워서 팔 빠지는데
쪼고만 계집애 나만 보고 있어요'
해 뉘엿뉘엿 서산 얹힐 때에야 나무꾼 어른다
'옷 나 줄래. 참외 실컷 먹을래. 이 새끼 생쥐들아'
금쪽같은 옷만 돌려받고 하루 종일 주린 배

마음만 선녀 되어 먼 하늘 옛날 집
타박타박 시오리 길 되돌아간다

그 하늘 밑 골방 안 소쿠리 속
희망도 절망도 없이
낟알 먹고 물 마시고 숨 쉬며
큰 새앙쥐 되어서도 평생 거스르며 애원한다
'내보내 주세요, 옷 돌려주세요'

* 극락강: 광주 교외에 있는 강

짝사랑을 말하는 기차

달리다가 두 얼굴들을 보았지
꽃 위에서 꽃이 화다닥 날아올랐어
돌아다보니 얼굴 하나는 나비였지
징그러운 애벌레도 사랑을 하면 꽃이 되는 거였어
꽃 아닌 사랑도 없고 얼굴 아닌 꽃도 없었지
얼굴은 사랑의 시발역이었던 거야

두 얼굴의 사랑을 싣고 기차는 서쪽으로 서쪽으로 달리고 있었지
그때, 첫사랑은 바퀴에서 튀는 불꽃처럼 문을 박차고 들어왔고 짝사랑은 풀섶에서 날리는 풀꽃처럼 창문으로 스며드는 거였어
사랑에는 역이 많아서 역마다 첫사랑이 타고 내렸지만 홀로인 짝사랑은 역이 없어서 끝까지 가는 거였어

얼굴 가진 것들은 모두가 연인이었으므로

그즈음 기차도 늦도록 지니는 짝사랑 하나 갖게 되

었지

서로 얼굴로만 사랑하는 사이였어

들킬세라, 살사리* 상처를 줄세라, 살사리

이름하여 코스모스, 유난히 목이 긴 살사리 꽃에게

누가 우주의 이름을 붙여주었던가

민들레와 같은 날개도, 담쟁이 같은 손도 없어

우리는 만질 수도 없었고, 살을 섞을 수 없었어도

좋아하는 것을 더 좋아하는 것쯤으로 사랑을 대신

했었지

얼굴에서 출발한 사랑은 역마다 몸꽃으로 끝나버려

그 많던 첫사랑은 다 잊혔어도

늦도록 시들지 않는 짝사랑 하나 있었으니

연인들이여, 얼굴에서 얼굴로 가는 기차는

아직도 시발역에서 맴돌고 있는 거였어

* 살사리: 코스모스의 우리말 이름이다.

폭설

하늘에서
하얀 말들이 펑펑 뛰어내려요
이리저리 부딪히고 미끄러지네요

말이 하얀 것은, 고백을 끝내고서야 보았죠
독백은 혼자서 하는 말이라서 입이 말라요
오늘같이 떨리고 바람까지 부는 밤엔
하늘로 날려버린 고백이나 독백이, 너무 무거운 것에 겁이 나요

공백은 저리도 사납고 어지러워야 하나
참지 못하고 폭언으로 퍼붓고 있네요
전투기를 모두 타더니 자폭하고 마는군요
목청이 크고 작아도 한 빛으로 끝나는 걸, 지금 엉기고 있어요

찬 것이 찬 것을 끌어안아요, 마치 솜이불 같은데요

그 속엔, 뜨거운 것들이 뒹굴고 있을 것만 같아
찬 바람이 꽁꽁 어둠을 얼리고 있지만
뛰쳐나가, 마른 입술을 대 볼래요

아무리 사랑한다고 외쳐도 채울 수 없는 여백이네요
말들은 폐차장과 유치원, 남루와 숭고 위에도
두루 쏟아지지만 쏟아질수록 커져만 가는
저 방백에 말이죠, 두 글자만 쓰겠어요 딱?

숨기고 싶은 꽃

밤하늘이 싸는
별똥은 아름답지

살아 있는 것들은 다 싼다
흙에 뿌리박은 것들도 싸냐?

그것들이 싸는 것은 꽃이야!
화장실을 화장실花葬室로 고쳐야겠다

'꽃 묻는 방'이라고 부르는 것이 더 낫겠어
그럼, 우리의 그것이 꽃이란 말이냐?
가시나무에 장미꽃이 있듯, 그것도 우리에게 있지

대화장에서 보았다
이슬을 먹은들, 향긋해질 수 없는
모두가 부인하고 싶은, 제 속의 것

차고 넘치는, 고약한 꽃
평생 지녔던 것을 깔고 뭉개며

마지막 날에서야 받아들이는
벽에서 별똥 지는 모습
꽃을 꽃으로 그리는 종결.

발문

사치스럽지 않은 시는 사치스럽지않은 삶에서 나온다. 자만스럽지 않은 시는 자만하지 않는 자에게서 나온다. 나는 김백현 시인의 그런 시를 배우려 애썼다. 늦게나마 감사드린다.

—최재준 (시인)

집 한 채 안 지어주고 급히 떠나신 주인 잃은 시들이 불쌍하고 슬퍼 보였습니다. 여기 저기 흩어져 영영 잃어버릴 것 같았던 시들에게 소중한 집을 지어주신 모든 분들께 감사드립니다. 많이 방문하시고 머물다 가셔서 외로운 집이 안됐으면 하는 바램입니다.

—김유리 (김백현 선생님의 장녀)

저는 김백현 선생님을 많이 뵙지 못했어도 몇 번의 시 합평 줌 미팅에서 선생님의 작품을 대하며 깊고 어려워서 마음에 담아두고 몇 번 반복해서 읽어보곤 했습니다. 마지막 남은 의식을 끌어모아 아내에게 아름다운 작별을 고하는 선생님, 아내뿐 아니라 문인회의 후배들에게도 따뜻한 관심과 사랑을 주시던 시인의 진심이 하늘에서도 별처럼 빛나리라 생각됩니다.

—이기봉 (시인)

시인의 거실 소파에는 시 주정이 고독하게 배어 있었다. 김백현 시인과의 여름 하루는 수중보 끝자락에 담가 놓은, 초록 수박 같은 기억. 화장실을 화장실花葬室로 고쳐야겠다. "꽃 묻는 방"이라고 부르는 것이 더 낫겠다 「수중보에서 무슨 일이」 중에서 시인이 말처럼 생의 모든 배설이 꽃이 되길, 꽃 묻은 사람이 꽃 싸는 사람을 나무란다. 김백현 시인의 꽃을 한껏 온 몸에 묻혀보는 하루, 아쉽게도 이젠 그가 없는 여름 하루.

—황정원 (시인)

시심을 찾아 길을 떠난 맑은 눈매의 시인을 생각합니다. "시는 많을수록 생은 의미롭고 시인은 많을수록 세상은 짙어"진다고 믿었기에 "좋은 시 하나 달라고 하느님께까지 시 주정"을 하셨다지요."깜깜한 돌속"을 들여다보고, 바다에서 「모래의 눈물」을 길어내던 시인의 언어들이 하늘에 별이 되어 떠오릅니다. 걸어온 길목마다, 걸음마다 심어놓으신 시의 씨앗들이 이제 들꽃으로 피어나 바람결에 향기롭습니다. 소년 같은 미소와 함께 선생님의 시를 오래오래 기억하겠습니다.

—이에스더 (수필가)

꿈에,

갈까요 물음에/ 아무 말씀 못 드리고// 이젠 가야 합니다/ 말씀에 잡았던 손마저 놓아 버렸습니다// 가신 님의 싯귀 한 구절/ 비워진 두 손에 가득 담고/ 차마 민망한 마음에 말조차 잊습니다// 남겨진 자는 가지 못하고/ 모든 연을 끊어야만 다다를 수 있는 그곳// 꿈에서야 흩어진 좁쌀을/ 작고 낮은 접시에/ 한알 한알 모으며/ 수국의 향기 앞에서/ 소리 크게 눈물 흘립니다

—엄경제 (시인)

"글로 태어났으면 완전했어야지" 시인은 담담히 대답한다. 그리고 "단단한 것들은 괴롭다", "왕년에 공룡이었다는 것, 날개는 추락용이었다는 것" 시인의 고백은 「농담의 세계」의 특유의 유머러스한 은유로 「모래의 눈물」의 깊은 사유에 아프게 밑줄을 긋는다. "우주로 간다면 하룻밤 쯤은", "작별 인사도 없이 심해가 멀어질 때" 인간과 생에 관한 깊은 통찰은 시공간을 초월하여 시인만의 언어로 빛난다. 나는 "나의 창문은 은빛 바닷물결이 시리다고 한다"로 읽고 은빛 바닷물결은 그가 세공하는 별이라고 쓴다.

—김소희 (시인)

시를 읽을수록 김백현 선생님의 인품과 너무 닮아서 마주 앉아 있는 듯합니다. 사물에 대한 진솔한 관찰을 통해 일궈내는 시의 진정성에 사로잡히며, 은근한 해학과 유머까지 느껴집니다.

시가 무엇인지, 시를 어떻게 써야 하는지 모르고 협회 조인 후 선생님으로부터 받은 격려가 글쓰기의 많은 힘이 되었습니다.

고단함의 찌꺼기가 꽃이 되는 시, 글에서 고소함이 느껴지는 선생님의 시를 대할 때마다 그리움에 젖어들 것입니다.

—신혜숙 (시인)

「9월은 없어도 좋은 달」인 줄 알았다는 시인이 있었습니다. 그분을 생각하며 제 감정의 맛 색깔 모양을 결정하려 합니다. 레스토랑 밖에 정박해 있는 수많은 요트를 보며 요트 공짜로 타는 법에 대해 신나게 이야기해 주시던 그분은 정말 인생을 즐길 줄 아는 분이셨습니다. 그것이 상처를 서로 비추고 감싸고 같이 아파하는 그분의 마음이었습니다. 오늘따라 그분 생각에 발바닥이 더 끈적거려 쉬이 돌아서 지지 않습니다. 그러니 오히려 "9월은 가장 조용하고 바쁜 달"이 될 것 같습니다. 그분을 그리워하며…

—박보라 (소설가)

"멈췄다 오시든지/ 묶였다 오시든지// … 수국은 물끄러미 나를 건너다 본다/ 내게 온 노을이, 그로부터/ 일단 꽃이 된다". 김백현 선생님의 「수국 여행」과 작별을 고하며 쓴 「남의 집」이 투명하게 포개져 한 울림이 된다.

시인 곁에서 "일단 꽃"이 되어 살아온 수국 아내, 죽음을 문턱에 둔 시인 가장 가까이에 멈춰있는, 등걸잠에 묶여있는 아내를 보며, "용서받고 싶다/ 죽음 뒤에서야 부족한 것을 보는,/ 내 주검이 지금 예쁜가요" 마지막 숨결을 모아 쓴 "놓지 못한 글줄", 그리고 밑동에 하얗게 쌓인 침묵을 읽으며 눈시울이 젖는다. 시가 삶이었고 삶 자체가 시였던 선생님, 그의 주검이 비추는 삶이, 시가 눈 시리게 아름답다.

—신인남 (시인)

선생님께서 당신의 시집을 보신다면 뭐라고 할까 생각해 봅니다. '아직 더 다듬어야 하는디…' 라고 아쉬운 미소를 지을지 모릅니다. '시는 끝없이 닦아야 하는 원석'이라 했던 선생님의 시에 대한 열정을 생각하면 아직 미완성일지 모릅니다. 그러나 묵은 고구마도 흙이 있는 밭에서 더 튼튼한 싹이 나고 그 줄기에서 풍성한 고구마 수확을 기대할 수 있습니다. 선생님의 시도 세상 밖으로 나와 독자를 만났을 때 더 큰 사랑과 감동을 주리라 생각합니다. 이 시집이 "묵은 고구마도 싹이 났으면…" 선생님의 이런 바람을 충족시킬 수 있었으면 합니다. 선생님이 그리울 때마다 선생님의 시집을 펼쳐볼 것 같습니다.

—문해성 (수필가)

책은 글쓴이의 내면에 관한 기록이다. 이 기록이 외부로 나오려면 수없이 몸단장을 다시하고, 거울을 보고, 옷을 맞춰 입어야 가능한 일이다. 미처 준비하지 못한 누군가의 내면을 열고 들어가, 속옷 차림의 글을 뒤지고, 분류하고, 옮기는 일이 조심스러웠지만, 조바심과 흥분 또한 누를 수 없었다.

몇 송이 꽃을 달고 힘겹게 흩날리던 야윈 줄기 아래에 생각지도 못한 거대한 지하 저장고가 숨겨져 있었다. 뭐라 이름 붙일 수 없는 간절함와 촘촘함, 용암처럼 끓고 있는 열정 앞에선, 나에게로 옮겨 붙는 불길에 당황했다.

아무리 차려 입어도 헐렁해 보이던 이의 내면은 깊고 맑고 뜨거운 기억으로 남았다.

—윤석호(시인)

시의 두 줄기의 폭포. 나이아가라 폭포같이 귀를 먹먹하게 하고 김 시인님의 육성이 들린다. 도덕성과 인간미의 파워. 우리와 자연 생물들은 "부딪혀…깨져야만…만져지는 시선들…." 그걸 시속에서 냄새 맡으면서 독자들의 속 눈썹이 촉촉하게, 아롱거리게 하신다. 그리고, 세종대왕님이 훈장을 주셔야 할 만큼 황홀한 시어를 통해서 김 시인님의 시 세계는 좀처럼 뽑히지 않는 인간의 자아 중심의 뿌리를 태워버리고 순수함으로 폭발하게 한다. 이렇게 시와 인격은 꼭 한 몸이어야 한다고 믿는다. 그러나 그렇지 않은 케이스들이 미투운동 등에서 흰 이빨로 사회를 씹었을 때 워싱턴주 대표 시인에게 시와 작가의 깨끗하고 올바른 심성 사이의 관계가 생과 사를 나누는 밀접한 것인가 질문한 적이 있었다. 답하기 좀 힘들고 웃음을 섞어 답을 해야 할 것 같다는 의미로 해석되는 표정이었고, 다음에 이야기하자는 반응을 받았다. 그 대답은 김시인 님의 글에서 빙그레 웃고 있다. 시와 인격은 한 몸이어야 한다고. 김 시인 님의 글에서 느껴지는 옳고 자비한 심성이 미학을 업고 뛰어야 한다고. 또 그분은 유머를 쓰셨다. 미국 시인들 중에서도 보기가 힘든, 그래서 대환영을 받는 요소이다.

—이매자 (시인, 소설가)

"이 격렬한 인간을 말하려 보니 나는 말의 빈곤을 느낀다. '어디서부터 시작해야 할 것인가' 그것부터가 문제이다."

작가 이병주가 화가 문신의 인간과 예술을 놓고 예화랑 개인전 서문에서 한 말이라고 한다. 나는 시인 김백현을 놓고 똑같이 말하고 싶다. 〈시애틀문학상〉 2기 동기로 그를 만났다. 그의 나이 70세. 그동안 시를 쏟아 놓지 못해 어찌 사셨을꼬, 감탄에 감탄을 거듭하게 만드는 행보를 보이셨다. 문우들이 흩어지는 행보를 보이면 뜨거운 한 말씀으로 깨우쳐 주셨고, 지치면 한 뙈기 풀밭을 꽃밭으로 가꾸는 그대들이여, 격려해 주셨다.

지치지도 않고 공부하시며 언어를 닦으셨다. "쉰 내가 낳은 쉰 가시내들/ 오십천은 강원도 삼척에 있다" (「쉰내가 쉰내로」) 이 짧은 행 안에 쉰내가 네 번 겹친다. 숫자로, 냄새로, 여자로, 개천으로. 이 기발한 시어, 착상, 참신하다 못해 놀랍기만 하다.

역사 의식도 투철하셨다. 「상달에 올리는 햇곡식」에서 " 나는 태평양을 다시 건너가는 모래/ 오천년 전의 태백산 신단수 아래, 구멍 숭숭 뚫린 큰 바위에 성묘를 하오/ 홍익인간은 해처럼 쑥의 아들들로 밝은 세상을 더욱 이롭게 하라 하셨고/ 이화세계는 달처럼 달래의 딸들로 어두운 세상을 더욱 환하게 하라 하셨던 신화의 말씀이 계셨건만~" 와 같이 우리가 떠나온 곳을 잊지 않으셨다. 어느날은 앞으로 문인들은 양자 역학을 모르면 글을 쓸 수 없다고 선견자처럼 말씀하셨다.

오로지 시상을 시에만 쏟아 놓기 위해 온종일 작품에 집중하시다 목소리를 잃기도 하셨다. 건강을 되찾으신 지 불과 얼마 전인데, 이렇게 가시다니... 뜨거운 가슴으로 떨리는 음성으로 시를 토해 놓으시는 모습, 이젠 뵐 수가 없게 됐습니다. 먼저 가 계십시오. 곧 뒤따르겠습니다. 哀哭.

—공순해 (수필가)

「무뚝뚝의 길」

가을은 나무에서 잎새도 씨앗도 출가를 서두르는 계절, 생각 없는 것들의 힘이 더 세다는 것은 말 없는 자연의 힘이 인생보다 강한 것을, 또한 무뚝뚝한 것들이 등지는 일로 핏줄을 잇고 있다는 것은, 해마다 소생함으로 생명을 이어가는 잎새나 씨앗을 말하며, 자연의 이치를 무뚝뚝의 길로 표현한 점이 이채롭다.

「묵은 고구마도 싹이 났으면」

어릴 적엔 고구마를 신물이 올라 올 만큼 많이 먹었는데 요즘은 고구마 속살처럼 달콤하게 애잔해지는 느낌이 든다. "여보 우리도 흙에 묻이면 싹이 날까? 묵은 고구마도 싹이 났으면…. 기억이 늙으니 자꾸만 덩굴에 엉기고 싶은 걸 어쩌랴" 한 것은 몸이 늙어가니 자식들에게 의지하고 싶은 마음을 에둘러 표현한 것이며, 이 시는 내면에 숨겨둔 내밀한 정서를 신선한 감각으로 표현하는 힘이 돋보인다.

「민들레 랩소디」

잔디를 깎을 때 이미 잘려 나간 민들레가 다시 두각을 드러내는 것을 도깨비로, 노란 대궁을 우뚝 선 저항군으로, 민들레꽃이 시든 후 맺힌 하얀 꽃씨가 바람의 향방 따라 살기위해 날아가는 민들레를 보헤미안적이라 표현한 점과 홍해를 건너던 출애굽의 대이동을 엑소더스에 비유한 점이 돋보이며, 내면에 숨겨둔 내밀한 정서가 잘 표현되어 있는 작품이라고 사료된다.

—이춘혜 (시인)

마운트 버논을 지나며 고 김백현 선생님을 생각한다. 겨울 철새의 군무, 끝없이 펼쳐진 봄의 튤립 들판, 선생님이 바라보셨을 하늘, 들판, 강, 나무, 철길을 따라 선생님을 향한 내 마음에 잔잔한 물결이 일렁인다.

선생님은 시를 쓰시고 나는 수필을 썼기에 서로 작품에 대해 논의할 기회는 없었지만, 문학 세미나 주제 발표를 통해서, 또 행사와 시애틀문학을 통해 시를 통해 선생님을 알게 되었다. 선생님은 시어를 조탁할 때에 말을 허투루 부리지 않았다. 한 단어 한 단어 고치고 또 고치신다던 선생님. 나에게 올제와 살사리라는 예쁜 우리말을 알게 해 주신 분이기도 하다.

시를 쓰는 사람이 아니기에 선생님의 시에 대해 말을 얹는 것이 송구한 일이다. 모두가 좋아하는 시가 많지만, 그중에는 선생님의 일상이 유머스럽게, 또 오래 발효된 노부부의 사랑과 전쟁이 드러난 유머러스한 시가 있다. 「묵은 고구마도 싹이 났으면」은 내가 좋아하는 시다. 겨우내 같이 지내던 고구마에 싹이 난 것을 보고 쓰신 시인데, 아내를 생각한다. 이 시에서는 아내와의 실제 있었음직한 대화 내용을 통한 아내에 대한 연민과 사랑을 드러낸다.

저 안에 푸른 싹을 넷이나 활짝 펴내고 철 따른 내 양복도 품고 있었으려니…/ '여보, 우리도 흙에 묻히면 싹이 날까?'/ '홍두깨 같은 이, 고구마 고구마 하더니 쯧, 쯧...묵은 고구마도 싹이 났으면…'/ 기억이 늙으니 자꾸만 덩굴에 엉기고 싶은 걸 어쩌랴

「내 그림자」라는 시에서는 노부부가 투탁거렸나 보다.

할망구는 가방을 싸 들고 '씨씨' 하면서 현관을 나섰고 나는 '엠엠'하면서

문을 닫아 버렸다.

짐보따리 싸 들고 한나절 가출한 할망구에게 씩씩대다 자존심도 없는 배가 고파오자 라면이라도 끓여 보려지만 그릇만 와장창 쏟고 라면 끓이는 일마저 쉽지 않다. 꽤 시간이 지나도록 아내가 돌아오지 않는다.

어디에 가 있는지 해 질 녘이면 꼭 돌아와 내 옆에 눕던 할망구 내 그림자

아내가 그래도 돌아오지 않자 정신을 차리고 아내를 찾아보기로 한다. 여기저기 전화를 돌려 본다. 신발을 꽤 신고 아내를 찾아 현관을 나서는데 '낯익은 등 하나 슬프게 풀을 뽑고 있다.' 주저할 것 없이 달려가 내 그림자를 껴안고 고맙다, 잘못했다 사죄한다. 이 시는 선생님 특유의 유머가 있어 웃게 되면서도 슬프다. 김백현 선생님의 인간적인 면을 엿볼 수 있는 시여서 좋아한다.

—정동순 (수필가)

'흐르는 것은 고귀하다.' 김백현 선생님의 시는 이렇

게 말하고 있는 듯합니다.

상류에서 하류로, 세상의 처음에서 끝으로 가는 과정이 인생이라면 그 인생이 가진 고달픈 숙명이 무엇이든 고귀하다고 보는 것입니다.

시 「바다로 가는 기차」에서 시인은 인생의 여정을 강을 지나는 기차여행이라고 했습니다.

'상류로 마신 나이를 하류로 뱉아내는 소리'처럼 우리는 나이 먹는 일이 힘겨우나 '한 살을 더 먹고 싶어 꼬리를 동동거리던 상류 시절' 과 '끓는 몸통으로 멱감던 중류 시절' 있었다는 걸 잊지 않습니다. 힘이 넘치는 중류의 시간은 상류의 어린 시절의 설레임 없이 존재할 수 없었겠지요. 섭리대로 우리는 하류의 "뒷걸음칠 수 없는 뱀"이 되지만 "상류가 밀어주므로 얼지 않는다"라고 했듯이 모든 건 자연이 선사해 준 고귀한 선물처럼 느껴집니다. 하류에 도착해 허공이 된 내 마음을 시에 갖다 붙이니 왠지 마음이 편안해집니다. 바다로 밀어주는 상류가 고맙습니다.

어른이 된다는 건 거저 되는 일인 줄 알았습니다. 나이가 들면 지혜로워질 줄 알았습니다. 하지만 김백현 선생님은 알고 계셨던 것 같습니다. 미약하고 무지한 우리는 질문에 답을 해줄 누군가를 늘 찾아야 한다는 걸요. 시 「뒷모습」의 '어느 날 어떤 분의 뒷모습을 보고 틀림없이 아는 그분일 거라 생각하고 뒤쫓기 시작합니다.'의 구절을 읽으며 마치 내가 시로 들어가 원하는 걸 알려줄 '누군가' 를 종종걸음으로 쫓아가고 있다는 생각을 하게 합니다. 교만을 벗고 헐벗은 채 말이지요. 분명히 선생님은 '그 뒷모습'을 보았고 쫓아가고 있었던 것 같습니다. 힘들거나 확신이 생기지 않을 때는 '가던 그분도 발을 멈추고 서는' 동행을 선생님은 경험하신 걸까요.

"낮이 아니면 안 됩니다. 다시 걷습니다." 라며 우리는 갈 수 있을 때까지, 그분을 만날 때까지 걸어야 하는 숙명을 얘기합니다. 왠지 나 혼자 가는 길 같지 않아서 힘이 납니다. 선생님이 먼저 걸어가신 길이네요. 시 「배꼽」에서처럼, '절망과 황홀이 바림(渲染)으로 채색한 이 끝'에서 '너무 잘 보여서 우네'라고 한 그 헛헛한 혼잣말이 오래도록 마음을 움직입니다.

여행을 끝낸 기차가 우리가 알 길 없는 그 바다로 갔지만 이제 선생님은 '참았던 갈증을 왈칵 게우고' 환하게 웃고 계실 것 같습니다.

— 조정외 (시인)

칸트는 모든 인식은 재료(내용:materie)와 이 재료를 정리정돈하는 형식(틀:form)을 요소로 해서 이루어지거니와 인식이 사고의 산물인 한에서 인식의 형식은 사고의 형식이며 이 사고의 형식은 이미 지성에 예비되어 놓여있다 했다.(『순수이성비판』, 백종현 역) 즉 지성에서 사고 인식의 형식으로 꽃을 피운다. 김백현 시인의 시에는 시를 인지하는 인식 이란 논리체계가 시 전반에 베여있다. 시인의 선험적 사고의 형식을 말한다. 그의 시 「모래의 눈물」은 모래가 된 섬, 그 모래에서 눈물을 보았다 했고 시 「빨래」에서는 "우리는 지금 빨랫줄에 걸렸으므로 빨래이다"라고하여 있음이 있음으로 있다는 실존주의적 관점으로 시감각의 승화를 시도하고 있다. 「시 주정」에서는 어렴풋이 흐르는 시에 술을 붓는다. 이태백을 떠올리셨는지 술이라는 매체를 기대어 감히 신을 끌어들여 "좋은 시 하나 주세요"라고 투정하듯 했으나 시인의 참 마음이었을 것이다. 참기름 집에서 뻑임을 당하는 참깨를 보고 무심아 무심을 하더라도 저 시커멓게 타는 소리를 한번 들어보라 이런 표현들은 고승들의 오도송 한 구절 같기도 하다. 특히 시 「남의 집」 첫머리에 "나는 음이 됐다 태양이 꺼진 오늘 달빛에 실려 밥그릇을 떠난다"라는 표현은 1930년대 모더니즘을 주도했던 김광균의 시 '와사등'에서 차단한 등불이 하나 비인 하늘에 걸리어 있다 "내 호올로 어딜 가라는 슬픈 신호냐"라는 표현법과 댓구를 이루는데, '와사등'은 방향감의 상실에 있고 「남의 집」은 가야 할 길을 보고 있다. 그 밖에도 '안개타령'의 첫 연 "가네 가네 안개속 가네 가는 뒷 모습 안개 속에 놓고 남은 내 설음 안개속에 묻네" 라든지 '산 그림자'의 "저 그림자의 그림자 밑은 혹독한 냉기로 유례없는 폭설에 묻힌다"에서는 시인의 심미안적 안목 그야말로 안광이 지배를 철했다 할 것이다. 또 「유리벽」은 어떤가 뒤틀려야 보이는 공의 존재 그 귀속 모두 바닥에 나뒹군다 비로소 와닿는 빛의 파문이라 했다. 투명 유리벽에 부딪치는 미물들을 관찰하면서 실상은 생을 비끈다. 동시에 서로 공에 가득한 빛으로 품고자 한다. 그 외 시 「수국여행」에서는 수국의 운명을 시인의 특권으로 좌지우지 했다. "멈췄다 가던지 묶였다 가던지"한 다음 자유다.

어른은 그렇게 가셨다. 창문을 가져간 바닷가 집 워싱턴주 옥하버에서 시인의 생애를 가두었던지 보살폈던 창문이거나 그 창문이 바다가 되었는지 창문을 타고 바다 건너로 가셨는지 창문과 함께 바다가 되셨는지 후학은 알 길 없다. 그렇게 시를 타고 가셨다.

—백현수(시인, 서예가)

소울앤북 시선
나의 창문은, 은빛 바닷물결이 시리다고 한다

초판 1쇄 발행 | 2022년 11월 10일

지은이 | 김백현
엮은이 | 김소희 엄경제 윤석호 신인남 신혜숙 조정외
편집인 | 이용헌
펴낸이 | 윤용철
펴낸곳 | 소울앤북
주 소 | 경기도 파주시 회동길 325-22, 3층
편집실 | 서울특별시 중구 삼일대로 6길 15, 3층
전 화 | 02-2265-2950
등 록 | 2014년 3월 7일 제4006-2014-000088

ISBN 979-11-91697-05-6 03810

값 10,000원